LES XII. BEAVTEZ DE PHYLLIS.

Et autres œuures Poëtiques du sieur DE ROSSET.

A MONSEIGNEVR LE PRINCE D'AIGVILLON.

A PARIS,

Chez ABEL L'ANGELIER, au premier pillier de la grand' salle du Palais.

1604.

Auec priuilege du Roy.

A TRES-ILLVSTRE, ET TRES-VALEVREVX PRINce Monseigneur le Duc d'Aiguillon.

MOnseigneur, comme mon cœur ne peut fléchir que sous les loix d'vne Beauté nompareille, de mesme mon ame ne sçauroit voüer du seruice qu'à celui, de qui la valeur est incomparable. Si les extremitez de l'vn me font aduoüer temeraire, la grãdeur de l'autre me fera reputer courageux : cestuy cy par l'enuie, cest autre par la gloire. C'est la cause qu'ayant dépeinct en cest ouurage les beautez d'vne Dame en qui la beauté mesme admire ſes richeſſes , ie ne les ſçaurois conſacrer qu'aux valeurs d'vn Prince en qui la meſme gloire adore ſes threſors. Bien-heureux eſcritz qui marchez ſous l'eſtẽdart de la valeur, & à la ſolde de la Beauté, ſortez libremẽt en public, & ne craignez les diſcours des meſdiſãs, d'autãt que ſi ce miracle des belles ſoubs le nom de Phyllis ne les enflame, ſãs doubte ceſte merueille des valeureux ſoubs le nom de Monſeigneur le Prince d'Aiguillon leur impoſera ſilence.

Le plus humble de vos ſeruiteurs
DE ROSSET.

A MONSEIGNEVR LE PRINCE D'AIGVILLON.

STANSES.

Belle Palme Lorraine, ornement de nostre age,
Amour est dans vos yeux, Mars dans vostre courage,
L'vn charme les beautez, l'autre rauit les Dieux,
Si bien que, possedants vne esgale victoire,
L'on doubte qui des deux vous acquiert plus de gloire,
Ou la valeur du cœur, ou les charmes des yeux.

Il est vray qu'en ces iours, si sereins, & si calmes,
Mars luy laisse porter le sceptre de vos palmes,
Car ils ont partagé l'empire de vos faicts:
Et pour mieux aquerir les lauriers de la terre,
Mars vn iour vous fera triompher à la guerre,
Au lieu qu'Amour vous faict triompher en la paix.

Ie vous offre ces vers, les tesmoins de la flame
Qu'Amour de sa main propre alluma dans mon ame,
Qui verroient leurs tombeaux à leur commencement,
Si cest Amour qui faict reluire vos conquestes,
Ne leur seruoit de Phare au milieu des tempestes
Que le vent de l'enuie esmeut inceßamment,

Ie m'essaye, en chantant l'Amour & ses alarmes,
Pour mieux vn iour chanter la gloire de vos armes,
Lors que, pour arborer l'estendart de la Foy,
Vous reconquesterez les champs de Palestine,
Puis que la loy du Ciel seulement les destine
Au digne successeur de vostre Godefroy.

AV LECTEVR.

CES ardeurs de dixhuict ans se feussent consumées dans la poussiere de mon estude, si les larcins d'vn Pedant, & l'importunité de mes amis ne leur eussent ouuert la porte. Ie les estale à mon grand regret aux yeux de l'vniuers, sçachant bien qu'elles tiennent trop de l'âge qui les enfanta. Le Pedant qui en fit imprimer à Auignon certaines pieces miserablement estropiées, cependant que l'Italie me detenoit, ne s'en soucioit guieres, pourueu qu'en Corneille d'Horace il immortalizast son nom à tel prix que ce feust. I'eusse refilé les cordes d'Archiloque pour le faire pendre, si ie l'eusse estimé digne de ma colere. Mes amis qui en auoyent enuoyé des copies & à Paris, & à Lion, pensants venger le tort qu'il me faisoit, m'eussent apporté de la honte, si de bon-heur reuenant de Rome, ie n'eusse passé les yeux par dessus. Telles qu'elles sont ie te supplie les fauoriser, attendant que ie te face voir quelque ouurage plus releué, qui n'estant contrainct de sortir en public, meritera de paroistre sur le Theatre de la France. Adieu.

Extraict du priuilege du Roy

PAr grace & priuilege du Roy, il est permis à Abel l'Angelier Libraire iuré en l'vniuersité de Paris, d'imprimer ou faire imprimer ce present liure intitulé *Les douze beautez de Phyllis du sieur* DE ROSSET. Et sont faictes tres-expresses defenses à tous Imprimeurs & libraires, ou autres de quelle qualité qu'ils soyent d'imprimer ou faire imprimer, vendre ny distribuer en quelque sorte & maniere que ce soit ledict liure, sinon de ceux qu'aura imprimé ledict l'Angelier, & ce iusques au temps & terme de dix ans, à peine de confiscation de tous les liures qui se trouueront imprimez, & d'amende arbitraire, comme plus amplement est declaré ez lettres données à Paris le dixiesme iour de Decembre mil six cents & trois.

Signé, PAR LE ROY.

RENOVARD.

L'AVTHEVR SVR LES DOVZE BEAVTEZ DE SA PHYLLIS.

STANSES.

PLACE, *place à Phyllis le lustre de cest âge,*
La voicy qu'elle vient pour reluire à son tour,
Et reduire par force en l'amoureux seruage,
Ceux que l'Amour n'a peu reduire par amour.

Petits flambeaux des yeux vostre gloire estouffée
Souspire son renom à ses pieds abbatu,
Mais vous ne pleindriez pas vn si foible trophée
Si vous recognoissiez celuy de sa vertu.

Vous esprits qui courez de riuage en riuage
Dans le golphe amoureux d'inconstance agité
Apprenez qu'il vaut mieux mourir en son seruage
Que viure en autre part en pleine liberté.

De l'or de mes escrits i'ay tracé ceste Belle,
Pour la faire apparoistre aux yeux de l'Vniuers,
Car ne pouuant atteindre au beau pinceau d'Apelle,
Ie dépeins ces beautez du crayon de mes Vers.

Chatouillé du desir d'vne agreable enuie,
Quiconque voudra voir les merueilles des cieux,
Regarde ce pourtrait & maudisse la vie
Qui ne voudra mourir esclaue de ses yeux.

Car voyant le subjet, & l'idée admirable
Et d'amour & d'honneur clairement reuestu,
Il verra la beauté qui n'a point de semblable,
Si peut estre n'estoit celle de sa vertu.

Le front

Il verra sur vn front large table d'yuoire
Le temple de l'honneur taillé modestement,
Tout semé de vertus, qui pour orner sa gloire
Luisent comme flambeaux la nuict au firmament.

Les cheueux

Ces cheueux d'or crespez dont Amour fit la corde
De son arc triomphant de la terre & des Cieux,
Ce sont les beaux liens qui sans misericorde
Lient estroictement les hommes & les Dieux.

Les oreilles

Du temple de l'Amour ie chanterois les portes
Si la belle en donnoit l'entree à mes malheurs,
Ie l'ay tasché cent fois en mille & mille sortes,
Mais elles sont toufiours sourdes à mes douleurs.

Il verra deux soleils les arsenaux des fleches
Ou l'Amour se detient diuinement caché,
La plus ne se souuient des cuisantes flammesches Les yeux
Qu'il enduroit iadis pour la belle Psyché.

Beaux yeux qui me lancez tant d'esclair & de foudre,
Vous deuriez consentir à mon allegement,
Car en fin s'il m'aduient d'estre reduit en poudre
Vous ne recouurerez iamais vn tel amant.

Mais que dis-je, ô beaux yeux, las! ce seroit mesprendre
De vouloir limiter vos pouuoirs infinis,
D'autant que vous pouuez, m'ayant reduit en cendre,
Animer de ma poudre vn amoureux Phenix.

Il verra d'vn beau Nez le superbe edifice Le nés
Par la regle basti mieux que par le compas:
C'est l'autel de l'Amour quand il fait sacrifice
De ses vœux aux beaux yeux qui n'y regardent pas.

Par ce nez qui respire vne si douce halleine
Dont l'Arabie heureuse emprunte son odeur,
L'Amour pressé d'amour bien souuent se pourmeine
Afin que ce doux vent euante son ardeur.

Il verra deux coraux où l'amour qui se iouë La bouche
Vole comme vne abeille à la poincte du iour:
Mais il admirera sur vne double iouë Les ioues
Les roses & les lis du iardin de l'Amour.

A ij

Quand elle est en humeur de luy faire largesse
Des mignardes faueurs qu'elle donne en riant,
Les dentz Elle decouure alors le comble de richesse,
Et toute la valeur des perles d'Orient.

Mais escoute sa voix plus diuine qu'humaine,
La voix La musique du ciel y compose son ton,
O plus qu'humaine voix! vous estes la Syreine
Qu'vn mystere cachoit sous le nom de Python

Il verra d'abondant ces deux braues guerrieres,
Les mains Ces ministres d'amour, ces deux gemelles mains,
Qui n'ont qu'vn seul defaut, car ces belles meurtrieres
En pensant les blesser font mourir les humains.

Ces deux freres germains où la neige s'amasse,
Ces monts de laict caillé desioincts egalement,
Les tetins Seroient deux paradis, si la neige & la glace
D'amour n'y demeuroit continuellement.

Vn petit vent mignard les bat d'vn doux orage
Comme en esté Zephyr Cerés aux cheueux d'or,
Et battus doucement flo=flotent au riuage,
Et puis tout à la fois se recachent encor.

Si dedans ce pourtraict tu ne vois point reluire
Les mysteres cachez qui ne se voyent point,
L'honneur & la raison defendent de l'escrire,
Bien-heureux si ie puis arriuer à ce poinct.

Silence donc mes vers & pour gaigner la riue
Où vostre honnesteté vous esclaire le feu.
Contraignez vos desirs de peur qu'il ne m'arriue
Comme au pauure Acteon le mal d'auoir trop veu.

Mais, Beauté que i'adore, auant que prendre terre
Qu'on admire vos pieds, lesquels bien que petits
Foulent tout cœur rebelle en l'amoureuse guerre,
Et passent en beauté les beaux pieds de Thetys.

Les pieds

L'on recognoist aux pieds les celestes Monarques,
Comme vn foudre subtil qui consume en passant,
Vous faictes tout de mesme apparoistre vos marques,
N'estoit que sous vos pieds les roses vont naissant.

De ces douze beautez, dont le Ciel fauorable
Voulut douer Phylis, i'ay doré cest escrit:
Les beautez de son corps la rendent admirable,
Mais l'on doit adorer celles de son esprit.

Mais, Diuine Beauté, s'il faut que ie desire
Ce qui peut m'esleuer dans le throsne des Dieux,
Ie ne souhaite point pour fruict de mon martyre
Sinon que vous daigniez mirer icy vos yeux.

Aussi bien d'vn miroir la glace inanimée
Ne sçauroit rapporter leur Diuine clairté,
Car estant seulement en mon ame imprimée
Le raiz n'en peut ailleurs estre representé.

Si ie reçois cest heur, i'espere que l'enuie,
  Et que la faulx du temps cederont à mes vers,
Et qu'estant couronné d'vne immortelle vie,
  Mon nom se bornera des bords de l'vniuers.

Bref ces douze Beautez, foulans aux pieds l'attaque
  De l'enuie & du temps, marqueront les saisons,
Et seront desormais l'amoureux Zodiaque,
  Où l'Amour reluira dans ses douze maisons.

LES DOVZE BEAVTEZ DE PHYLLIS, DV SIEVR DE ROSSET.

STANSES.

LE FRONT.

BEau Front que la vertu tient tousiours en ceruelle
Pour reboucher les traits de la molle Cypris,
Ie medite tousiours quelque leçon nouuelle
De l'amour de l'honneur que vous m'auez appris.

Clair miroir de nos yeux où la vertu s'amire,
Où l'honneur & l'amour disputent du pouuoir,
L'vn produit le desir alors qu'on vous admire,
L'autre quand on vous voit les reigles du deuoir.

LE FRONT.

Large table de lis, de porphyre & d'yuoire,
Où la glace & le feu se voyent renommer,
Cestuicy pour l'amour, cest autre pour la gloire,
L'honneur pour contenir, l'amour pour enflammer.

Beau champ paué de neige & d'amoureuse grace,
Où l'on voit les desirs mariez au refus,
Si l'on peut eschapper les feux de vostre glace,
L'on ne peut eschapper la glace de vos feux.

Bien est vray que vos coups nous font diuerse guerre
Desdaignans de brusler ceux qu'ils ont à mespris,
Car ils gelent de peur ceux qui rampent par terre,
Et bruslent seulement les plus nobles esprits.

Le mien en soit tesmoing, qui pour digne victime
En est si doucement nuict & iour enflammé,
Que si l'on n'eust cogneu qu'il estoit magnanime,
Il seroit tout de glace au lieu d'estre allumé.

Heureux donc mon esprit de luy seruir d'offrande,
Qui rend mesme le Ciel enuieux de mon sort:
Mais plus heureux encor s'il faut que ie luy rende
Vn seruice agreable au giron de la mort.

O beau front honoré de tant de flames nettes,
Où mille astres brillans luisent égalément,
Vos aimables vertus sont des belles Planettes,
Il est vray qu'elles sont dedans vn firmament.

LE FRONT.

Du nom de firmament ma Muse vous renomme,
Car mon discours estant surmonté par mes yeux
I'accommode mes vers au langage de l'homme,
Ne pouuant esgaller le langage des Dieux.

Soit ou le firmament, ou le Ciel Empyrée
Et ma vie & ma mort ie lis en son aspect:
Son honneur qui reluist au Ciel de Cytherée,
Conserue dans nos cœurs l'amour, & le respect.

Planure de cristal sans rides & sans tache,
Grand ornement du Chef de la belle Phyllis,
Où l'honneur de l'amour diuinement se cache
D'vn beau voile d'œillets, de roses & de lis:

Ie vous offre ces vers, belle & brillante glace,
Qui portent vos honneurs au sommet de leur front,
Que s'ils sont trop hautains, excusez leur audace,
Qui procede du mal que vos beautez me font.

LES CHEVEVX.
STANSES. II.

RIche toison d'amour, belle perruque blonde,
Petit flot de splendeur d'vn doux Zephyre em
Par force ou par amour vous liés tout le monde,
D'vn doux lien d'amour, d'ambre, d'or, & de feu.

Sublime crespe d'or, prime amoureuse corde,
Qui faictes nos desseins serfs de vostre desir,
Quand vous series sans grace, & sans misericorde,
Encore vos rigueurs ne seroient sans plaisir.

Petits anneaux de feu, vos reffus sont des charmes,
Vos prisons des plaisirs si doux, & si parfaicts,
Que l'Amour en a faict les cordes de ses armes,
Pour faire mieux paroistre icy bas ses effects.

Beaux cheueux qui tenés les libertés esclaues,
Vagues qui vous fendés en deux arceaux de pris,
L'vn sert pour allumer les courages plus braues,
L'autre ponr consumer mille petits esprits.

Ie vous appellerois la lumiere dorée
De celle qui se dict la mere de l'amour,
N'estoit qu'on perd de iour l'astre de Cytherée,
Mais vous luisés de nuict aussi bien que de iour.

Beaux cheueux qui m'aués la franchise rauie,
Dont Amour fit le traict dont luy mesme est espoinct,
Vous ne serés iamais sans gloire & sans enuie,
Comme vuide d'amour mon cœur ne sera point.

Flambeaux, qui m'allumés de tant de douces flammes,
Vniques en beautés comme en nombres infinis,
Vous rendés en amour plus constantes les ames,
M'ayant faict de volage en amour en Phœnix.

Petits floccons de soye, & de flame menüe,
Subtile friZe d'or d'vn bel astre fatal,
Vous estes sans faillir l'Estoille cheuelüe,
Qui predict aux amantZ & le bien & le mal.

Liens, où les Amours, pour leurs dignes sallaires,
D'vn aymable rigueur se sentent enchaisner,
Comme des prisonniers condamnés aux galleres,
Mais qui ne voudroient pas se desemprisonner.

Petits retZ façonnés pour les diuines ames,
Petits filetZ tendus pour attrapper les Dieux,
Alors, que l'on se mire aux rayons de vos flames,
L'on y laisse le cœur, les ames, & les yeux.

Beaux rayons de mes yeux, beaux filets de lumiere,
Mes vers en vous loüant deuiennent tous altiers,
Ils vous tesmoigneront d'vne ame toute entiere,
Et d'vn cœur tout entier, des amours tous entiers.

Astre plain de douceur, dou tout mon bien deriue,
A qui ie sacrifie & mes vers, & mes vœux,
S'il fault que desormais mon ame soit captiue,
Au moings enchaisnés la d'vn fil de vos cheueux.

LES OREILLES. STANSES III.

Petits croissants d'amour, qui croissés les merueilles
Du beau chef de Phyllis, de mille apastz semé,
Quoy! vous boucherés vous, ô Diuines oreilles,
Sans entendre en ces vers vostre los renommé?

Belles portes d'amour que nuict & iour i'essourde,
Pour treuuer guerison au mal-heur que ie sents,
Serés vous donc tousiours & l'vne & l'autre sourde
A mes malheurs presants, a mes malheurs naissants

Tuyaux en qui ie verse vn ardent flot de peine,
Que la rigeur vomit sans iamais l'escouter,
O que ne suis-ie vn Cygne, ou bien vne Syreine
Ou pour vous allecher, ou pour vous enchanter.

S'il est vray que l'amour guerdonne la constance,
Et si le plaisir suict les amoureux tourments,
Quel amant mieux que moy pour sa perseuerance
Merite de passer larc des loyaux amants.

Cepandant vos rigueurs m'en ostent le passage
Quand ma fidelité s'estime coronner,
Si bien qu'au lieu de voir la fin de mon seruage,
A de nouueaux liens ie me vois condamner.

Rares portes de nacre, ou l'amoureux Zephyre
Sesgaye en agitant vn petit flot doré,
Lors que ce vent mignard vous siffle son martyre,
Enuieux de son heur ie suis tout esploré.

Chastes sentiers d'honneur, qui craignés de forfaire
Escoutant les regrets d'vne saincte amitié,
Cela que par amour vous desdaignes de faire,
Pour le moins vous deues le faire par pitié.

Petits canaux laictés de ma douce inhumaine,
Ou mon amour deuroit se sentir mieux traicté,
Que ie serois heureux, ou si i'estois sans peine,
Ou bien si vous estiés vuides de cruauté.

Mais qui verra le lis, & l'œuillet, & la roze
Faire en elle renaistre vn printemps de douceurs,
S'estonnera comment la rigueur est enclose,
Dans les petits pertuis de ces gemelles seurs.

Second chemin par ou l'Amour se faict conduire,
Pour alleger le mal qui nous va consumant,
Vous escoutés par fois mon amourenx martyre,
Mais vous ne luy donnés aucun allegement,

I'ay beau le supplier afin qu'elle m'allege,
Car comment mes mal-heurs la sçauroient ils toucher,
Qu'estant toute pauée & de glace, & de nege,
Mesme le feu d'amour n'en sçauroit approcher.

Nonobstant la rigueur qui vous rend obstinée,
Ouuerte a mon malheur, & sourde a mon bon heur,
Ie vous offre ces vers, puis que ma destinée
Permect que ie vous rende encore de l'honneur.

LES YEVX.
STANSES IIII.

PEtits larrons des cœurs, iustes archers des ames,
O beaux yeux dont les feux brulent tout l'vniuers,
Moderés les ardeurs, qui partent de vos flames,
Si vous aués desir de reluyre en ces vers.

Petits esclairs subtils, deités souueraines,
A qui mesme les Dieux erigent des autels,
Vos flesches en volant apparoissent soubdaines,
Mais vos coups puis apres demeurent immortels.

Dards chaults de mes souspirs & mouillés de mes larm.
L'amour si vous n'estiés seroit peu redoubté,
Il vous preste son arc, vous fournissés les armes,
Mais ie pare le blanc de ma fidelité.

Petits forts d'escarboucle, & de flame azurée,
Tout raui de vos feux ie vous vais adorant,
Ce qui rend vostre flame encor plus admirée,
Qu'elle tüe en viuant, & faict viure en mourant.

Beaux soleils de nos iours, vos flames sont si nettes,
Et vos raiz si brillants qu'ils n'ont point de pareil,
Car le moindre rayon faict honte à six planettes,
Et tous conioinctz ensemble aux rayons du Soleil.

Beaux yeux que les amours ont coronnés de flames,
Qui ioingnés tous les iours les meurtes aux lauriers,
Quand vous semés l'enuie aux courages des Dames,
Vous croissés les ardeurs aux esprits des guerriers.

O beaux yeux que i'adore en ma chere ruine
Ainsi comme ie puis, & non comme ie veux,
Ie serois criminel de Maiesté Diuine
Si ie ne vous dressois des temples & des vœux.

Tonnerres foudroyantz en l'amoureuse guerre,
Voleurs des libertés des hommes & des Dieux,
Enfin apres auoir brulé toute la terre,
Pour vous rendre plus grands vous bruleres les Cieux.

Mes vers ne sçauroient pas ces beaux yeux mieux d'escrire
Qu'en les accomparant au foudre violent,
Car ils brulent l'esprit sans que le corps empire,
Si n'estoit que ces yeux les bruslent en gelant.

Esclairs, foudres, brandons, flesches ineuitables,
Vous poussés au tombeau d'vn regard seullement,
Mais, lors que vous voulés estre plus pitoyables,
Vn seul clin de douceur tire du monument.

Beaux yeux, beaux petits cieux, lumiere pure & sainct
Que si mes vers de vous pouuoient estre œuilladés
Ie ne regretterois de voir ma vie estaincte
Par les traictz de l'Amour de ces beaux yeux dardés

Mes vers qui depeignés ces clairtés immortelles,
Qu'on ne peut exprimer sans voler dans les Cieux
Gardés vous de brusler les plumes de vos aisles
En aprochant trop prés les raiz de ces beaux yeux.

LE NEZ.

STANSES V.

Beau Nez en qui nature a mis tout l'artifice
Pour imposer silence aux Momes enuieux,
Vous decorés l'honneur de ce bel edifice,
Et faictes voir en terre vn chef d'œuure des cieux.

Admirable proiect du Ciel, & de Nature,
Qui baissés vn petit, mais bien si droictement,
Qu'il semble qu'vn Lisippe aist par lineature
D'vn fil triangulaire orné ce bastiment.

Frais euentail d'amour, quand l'amoureuse flame
De deux astres bessons me contrainct de tirer
Tant de cuisants sanglots qui consument mon ame,
Puißiés vous quelque iour pour mon mal souspirer.

O beau neZ qui rendeZ mille cœurs en seruage,
Et pour vostre senteur, & pour vostre beauté,
Vous semblés vn beau pin l'ornement d'vn bocage,
Vne tour au milieu d'vne belle cité.

Au milieu des cités, ou la pompe reside,
D'vn' aiguille de marbre on eleue des tours,
Mais l'Amour a planté sa belle Pyramide
Au milieu de ce chef, la gloire des amours.

O beau NeZ dont la neige à ma flame resiste,
Beau milieu du beau chef dont ie suis combattu,
C'est tousiours au milieu, que la vertu consiste,
Car vous estes beau neZ tout rempli de vertu.

Petit vent embasmé delicieuse halleine
Qui remplit nos espritZ d'vne si douce odeur,
Que ie serois heureux si ma belle inhumaine
Y mesloit quelque fois mon amoureuse ardeur.

Bel autel de l'Amour, que l'on ne peut reprendre
Qui ne voudra luy mesme estre soudain repris,
Dans l'enclos de ces vers, ie ne vous puis comprendre,
Combien que vous soyés en petit lieu compris.

LE NEZ.

Superbe bastiment tout paré de victoire
Que d'vn stile trop bas i'ay crainte d'offencer,
Si pour vous honorer ie chante vostre gloire,
Animez mon courage au lieu de le glacer

Beau nez ou mon amour estalle ses souffertes
Pour les faire apparoistre aux flambeaux de mes iours
Si ses yeux regardoient ma peine & mes offertes
Peut estre qu'ils auroient pitié de mes amours.

Mais las! nulle pitie de les voir ne les touche,
Variant leurs clairtez ils luisent a l'escart,
Mais vous auez raison, car vous n'estes pas louche
(O double astre luisant) de luire en autre part.

Double petit pertuis, doux canaux de ma belle,
Afin qu'els sentent bon, flairez vn peu ces vers,
Soudain ils aqnerront vne vie immortelle,
Dignes d'estre exposez au yeux de l'vniuers.

LA BOVCHE.

STANSES VI.

BElle bouche de pourpre, & dœuillets entourée,
Qui respirez sans cesse vn basme precieux,
L'Amour quicte pour vous sa maison Cytherée,
Dont il brule la terre & consume les Dieux,

Beau corail qui rendez vne si douce halleine,
Vn printemps emaillé si doux, & si flairant,
Qui n'endure pour vous de l'amoureuse peine
Vne ame de rocher son cœur va respirant.

Bel esclat de cinabre, amoureuse merueille,
Dou la rigueur des mains repousse mon amour,
Vous semblez le pourpris d'vne roze vermeille
Que l'Amour a fermé d'espines tout autour.

Doux paradis des cœurs, belle & diuine bouche,
Dou depend mon bonheur ma vie & mon trespas
Ne permettrez vous point qu'en fin ma leure touche
Le sucre de ce miel dou coulent les appas.

Si tant d'heur m'aduenoit i'esgalerois ma gloire
A l'heur des immortels qui president és cieux,
Car i'estime bien plus ce manger & ce boire
Qu'on ne faict l'ambrozie & le nectar des Dieux.

Auettes qui volez sur ceste belle plaine
Pour fleureter le suc des rozes & des lis,
Si vous voulez piller vne plus douce halleine,
Mignones posez vous aux leures de Phyllis.

O que s'il vous aduient que vous ayes fouillées
Vne fois les douceurs de ces gemelles seurs,
Iamais vous n'irez plus aux plaines emaillées
Affin de succoter des plus douces douceurs.

LA BOVCHE

Vermeillon merueilleux, petis bords d'escarlate,
Qui desrobez les yeux qui n'adorent que vous,
Dont l'espoir me trahit quand la beauté me flatte,
Apres tant de rigueurs me serez vous pas doux.

Doucereuse liqueur non encores foulée,
Si ie vous puis tenir à mon commandement,
En soulant mes amours, ie rendray consolée
L'amoureuse rigueur qu'on espreuue en aymant.

Belles leures ie fonds tout d'ardeur & de flame
Quand i'approche vn subiect & si rare & si beau
Heureux si ie pouuois vous deposer mon ame,
Quand ie deposeray mon corps dans le tombeau.

Petits flairs d'vn Zephyr, halleine dilatée
Des pores qui pourroient les morts ressusciter,
Soufflez dedans ces vers vostre odeur musquetée,
Qui tracent vostre los pour mieux vous exalter.

Vous seriez ô mes vers, & sans grace, & sans vie
Si ceste douce ardeur ne vous eut agitez:
O belle bouche en fin ie n'ay point d'autre enuie
Que d'immortalizer mes vers en vos beautez.

LES IOVES
STANSES VII.

O Ioüe en qui l'Amour esbat ses esleretes,
Suççant de vos beautez le miel delicieux,
Beau verger des amours plein de belles fleurettes,
Vous descouurez en terre vn Paradis des Cieux.

Vous eleuez ma muse & luy donnez l'audace
De composer des vers dignes d'estre chantez,
Que s'ilz ont quelques traictz pleins d'amour & de grace,
Ils ont esté produicts au Ciel de vos beautez.

Beau Ciel ou les amours voletent comme abeilles,
Beau printemps, bel auril, si plaisant & si doux,
Vous remplissez nos yeux d'espoir & de merueilles
Sans bouger attachez & collez dessus vous.

Parterres dont nostre œuil en admirant s'estonne,
O beau champ diapré de tant de belles fleurs,
Vous ioingnez au Printẽps les beaux fruictz de l'Autõne,
Arrosez tous les iours du ruisseau de mes pleurs.

Beau marbre Parien que la ride ne plisse,
Dont la beauté ne crainct l'age ny le destin
Vous n'auez pas besoing d'vser de l'artifice
Qu'enseigne eu ses escrits le fameux Aretin.

Vous estes en deux teinctz si parfaictement belle
Delices des Amours des Dieux & des humains,
Que vous auez osté le seruice fidelle
Que l'Espaigne fournit aux deux fidelles mains.

Que s'il faut balancer l'honneur de ceste face
Pour la grace aussi bien comme pour la beauté,
Sinon pour la beauté, pour le moins pour la grace,
Ie iugerois qu'elle a la palme merité.

Plaisir delicieux quand mignardant la bouche
Elle forme vn soubsris si doux & si plaisant,
Qu'il faut que qui la voit aist bien l'esprit farouche
Si sa douceur ne va son courage embrasant.

Belle nege de flame, ou l'Amour sainct accorde
Deux contraires si beaux liez ensemblement,
En suyuant vos beautez, que la misericorde
Auec la cruauté soulage mon tourment.

Doux espoir qui contente vn amant miserable,
Cher soulas de mon mal si doucement amer,
Si vous ne voulez pas m'estre tant fauorable,
Faictes en soubsriant le semblant de m'aymer.

Magasins qui seruez en l'amoureuse guerre,
Petis creux ou l'Amour resserre mille traictz
Pour combattre le Ciel, l'eau, l'enfer, et la terre,
Fauorisez vn peu le peinctre de ces traictz.

O mes vers qui louez ces beautez eternelles
Qui rendent tous les iours les Dieux mesmes espris,
Que ie serois heureux si ces deux seurs gemelles
Vous donnant vn soubsris auouoient ces escritz.

LES DENTS.
STANSES VIII.

Petits Déz ou l'amour me fit perdre esperance
De recouurer iamais ma chere liberté,
Ie ne demende point desormais autre chance,
Car i'ay trop de plaisir en ma captiuité.

Belles dents, ains plustot beau rang de marguerites
Que le Ciel autre fois entre toutes eleut
Alors qu'il desseignoit ceste fleur des Charites,
Qui me deuoit bruster sans espoir de salut.

Petits montz parfumez d'vn doux vent d'Arabie,
Qui formez à nos yeux mille rauissements,
Vous passez en beauté les dentz de Zenobie,
Qui passoient en valeur les riches diamants.

Diamants precieux, belles perles fatalles,
Thresor inestimable en si petit pourpris,
Le Ciel quand il vous fict si iustement egales
Vous fict a la mesme heure et sans pair, et sans pris.

LES DENTS

Vous qui pour assouuir vos humeurs curieuses
Pour apprendre & pour voir courez de tous costez,
Venez voir ce beau rang de perles precieuses
Le plus rare sommet de deux extremitez.

Vous qui fendez les plis de la pleine azurée
Dans vn morceau de bois estroictement enclos,
Tantost soufflez de l'Austre & tantost de Borée,
Presque autant de la mort comme proche des flo

Marchans qui mesprisez le danger & la peine
Pour appaiser la faim d'vn desir indompté,
Rauissés quelque dent de ma douce inhumaine,
Et vous n'aurez iamais aucune pauureté.

Leur comble de beauté, leur gouffre de richesse
Par deux extremitez font les yeux estonner,
Car qui voit la valeur des dents de ma Deesse,
Il voit tout le plus beau qu'on puisse imaginer.

Belles dents ie ne puis figurer en moy-mesme
Si vous meritez mieux d'vn ou d'autre costé,
Ou bien par la beauté de la valeur extreme,
Ou bien par la valeur de l'extreme beauté.

Belles dentz qui vous voit & soudain ne vous
Ou ses yeux sont obscurs, ou sot son iugement:
Car par vostr beauté la valeur s'authorise
Et par vostre valeur la beauté se dement.

Blanches egalitez vous tenez de Madame,
Qui surpasse en durté les rochers endurcis,
Car au lieu de briser les soucis de mon ame,
Helas vous conseruez mes amoureux soucis.

Dans ces vers cependant qu'ores ie vous consacre
Vostre beauté reluit auec vostre valeur:
Mais que ie vous deurois, ô beaux tranchantz de nacre,
Si vous pouuiez trancher le fil de mon malheur.

LA VOIX.
STANSES IX.

Belle voix dont Amour esprouuant son amorce
S'en va de iour en iour sa grandeur augmentant,
Vous charmez tout le monde, ou d'amour ou de force,
Les ames & les cœurs par l'oreille emportant.

Angelique douceur, inuisible merueille,
Ou les auettes font leur miel delicieux,
Lors que vostre douceur entre dans mon oreille
Mon ame se repaist de la boisson des Dieux.

Qu'on ne me vante plus la lire d'vn Orphée,
Dont iadis les accords adoucirent l'enfer,
Elle attiroit les bois, ceste voix en trophée
D'vne chaine d'aymant les courages de fer.

LA VOIX

O belle & douce voix plus diuine qu'humaine
En qui le Ciel conforme, & compose son ton,
Vous passez en douceur le chant d'vne Syreine,
Le sucre de Mercure, & le miel de Python.

Celeste voix d'enhaut, doux appast de merueille,
Qui les esprits du corps doucement arrachez,
Ils demeurent rauis pendus dedans l'oreille,
Pour gouster les douceurs dont vous les allechez.

Belle voix & de sucre, & de miel affinée,
Qui rendez à l'Amour les cœurs plus indomptez,
Vous surpassez la voix du bien-disant Cinée,
Qui sans armes iadis conqueroit les citez.

Belle voix dont les tons nous sont autant d'oracle
Qui rauissent les sens d'vn insensible effort,
Vous faictes tous les iours mille nouueaux miracles
En redonnant la vie, ayantz donné la mort.

Doux propos enchanteurs de l'amour & de l'am
Qui pouuez amollir les Tygres & les loups,
Si ie vous possedois ie charmerois Madame,
Si bien qu'a la parfin son cœur me seroit doux.

Doux charmes qui rendez ma liberté subiecte
Braues vous triomphez des plus braues vainqu
L'Amour blesse par vous sans perdre vne sagett
Des hommes, & des Dieux, les ames, & les cœu

Blandiſſante parolle aux charmes bien appriſe,
Celuy tant ſeulement euite vos appas,
Lequel pour maintenir l'eſtat de ſa franchiſe,
Quand madame diſcourt, ne vous eſcoute pas.

Belle & chere Phyllis quand deux rares merueilles
Voſtre propos charmeur, & voſtre œuil gracieux,
Vа rauiſſant mes yeux, & charmant mes oreilles
Que ne ſuis-ie a l'inſtant tout oreille & tout yeux

Mais ne pouuant atteindre à la voix de ma belle
Ie crains de prophaner l'honneur de ſon autel:
Phyllis contentez vous: vne voix immortelle
Demende les effectz d'vn diſcours immortel.

LES MAINS
STANSES X.

Belle & cruelle main appriſe à la victoire,
Sans qui l'arc de l'Amour ſeroit peu redouté,
Bien-heureux ſoit le iour qu'en vos priſons d'yuoire
Ie vis ſi doucement trainer ma liberté.

Il fault, ô belles mains, que, libre, ie confeſſe,
Que preferant vos coups a de plus doux appas,
Auant que de quicter vos cheſnes de rudeſſe
I'aimerois mieux cent fois encourir le treſpas.

Belle fille d'vn lis, & d'vne belle roze,
Qui tremble mollement dessus du laict caillé,
Le ruisseau de mes yeux bien souuent vous arroze
Pour faire mieux fleurir vostre champ emaillé.

Quand vous blessez mon cœur ie n'ay pour toutes arm
Que les eaux de mes yeux qui coulent doucement,
Mais que ie benirois le ruisseau de mes larmes,
S'ils pouuoient amollir son cœur de diamant.

Ou bien si quand la flesche est empraincte en mon
La playe au moings auoit vn si doux reconfort,
Qu'vne en fut la meurtriere & l'autre le dictam,
Mais helas toute deux ont coniuré ma mort.

Belle main qui prenez plaisir en vos rapines,
Honneur en vos larcins, & gloire en mes mal h
Vous payez mon amour de poignantes espines
Pour toute recompense au lieu de belles fleurs.

O main en qui le Ciel admire sa merueille,
Main pleine de rigueur, main pleine de douceu
Vous seriez en amour vne main sans pareille,
Si vous n'auiez, main belle, vne pareille seur.

Mais quoy! vous estes deux? mais le Ciel vous assembl
En beautez en valeurs, & sans pair, & sans plu
Si bien que qui vous voit estre si bien ensemble,
Il voit, ô belles mains & Castor, & Pollux.

Belles mains par la gloire & par l'honneur insignes,
Et par tant de beautez de graces, & d'amour,
Vous serez quelque iour au Ciel des nouueaux signes
Pour seruir aux amantz & de Pole, & de iour.

Main vous des-honnorez la main tant estimée
Qui fict broncher Cephalle en l'infidelité,
Bien qu'elle soit de roze, & de lis parsemée,
Et surpasse la main de toute deité.

Belle main diuisee en cinq termes doriques,
Par qui tant de cœurs sont en trophee attachez,
Ie priserois mes vers à lesgal des vniques,
S'ils pouuoient seulement par vous estre touchez.

Mes vers touchez ces mains, baisez ce bel albatre
Si voulez acquerir renom par l'vniuers:
En fin, ô belles mains, estant vostre idolatre
N'ayant rien de plus beau, ie vous offre ces vers.

LES TETINS.

STANSES. XI.

Beaux Tetins qui brulez tant d'amoureuses ames,
Qui rendez de vos feux tant de cœurs alumez,
Voy! comment iettez vous tant de feux, & de flames,
Si vous estes de nege & de glace semez.

L'Amour dont le pouuoir s'honore en toute place,
Ces petits monts glacez frappant tout doucement,
Comme qui frapperoit sur vn caillou de glace
En fait sortir le feu qui nous va consumant.

Paradis des amours, des graces, & delices,
Boulets par qui l'Amour se rend tousiours vainqueur,
Les amours contre nous vous seruent de complices
Pour canonner nostre ame, & bruler nostre cœur.

Tetins poictris de nege aux montaignes Riphées,
Qui chatouillez l'enuie, & nourrissez l'espoir,
Par vous l'Amour s'aquiert vn monde de trophées,
Et graue dans nos cœurs, l'amour, & le deuoir.

Petits boutons de pourpre, essences de la flame,
Qui nous faict tant de fois souspirer nuict & iour,
Celuy qui de vos feux n'embrase point son ame,
Ne sçauroit embraser son ame de lamour.

Arriere ce desir, qui conseille a ma vie
De quicter vos reffus de crainცte de mourir,
Tout mon plus grand soulas ne git qu'en ceste enuie
D'estre brulé de vous, & iamais ne guerir.

Beaux Tetins amoureux, que l'amour idolatre
Faict flotter incertains or' en hault, or' en bas,
Vous semblez proprement deux petits monts de platre
Ou l'Amour a graué ma vie & mon trespas.

Petits monts agitez d'vne petite halleine,
Vous estes differents du doux feu qui me poinct,
Car tousiours vous flottez au vent qui vous demeine,
Et luy pour mille vents iamais ne bouge point.

Heureux d'estre brulé de ceste belle glace,
Dou sortent des Amours les dards plus enflammez:
Si mes vers pres de vous meritent quelque place,
Receuez mes souspirs en vos feux allumez.

Vallons qui resserrez deux collines si belles,
Petits nids des amours qui brulent l'vniuers,
Supplies de ma part ces deux croupes pucelles
De receller dans vous les beaux traicts de ces vers.

Mais, le plus grand desir du mal qui me contente,
Que ie serois heureux si pour riche thresor,
Plustost que de gaigner les pommes d'Athalante,
Ie pouuois conquerir ces riches pommes d'or.

LES PIEDS.

STANSES XII.

O Beaux Pieds dont Amour asseura l'edifice
Des beautez de Phyllis, honneur de l'vniuers,
Ainsi que le beau front luict sur le frontispice,
De mesme vous luirez sur la fin de mes vers.

LES PIEDS

Beaux Pieds à qui mon cœur doibt son apprentissag
En l'art de bien aymer que vous m'auez appris,
Puis qu'on vit mal-heureux hors de vostre seruag
Ie benis desormais le iour que ie fus pris.

Mais, ô beaux pieds diuins, qui detenez esclaue
Mon cœur à vos desirs, si docile, & si doux,
C'est bien faict de fouler l'ennemy qui vous braue,
Mais non pas le vaincu, qui n'adore que vous.

Cher obiect des desirs, des ames les plus belles,
Petis attraictz larrons des Dieux, & des humain
Pardonnez aux vaincus , & domptez les rebelles,
Comme jadis faisoit la gloire des Romains.

Petis attraictz voleurs des amours, & des ames,
Qui r'allumez l'enuie au feu de nos desirs.
Vous nous allez piquant des poinctes de vos fla
Eleuant le courage au iardin des plaisirs.

Vous n'estes pas des pieds si l'on y prend bien ga
Mais vous estes des feux, & des amours vainque
Vous entrez par les yeux alors qu'on vous regarde,
Et deualant plus bas vous consumez les cœurs.

Beaux Pieds qui soustenez par deux piliers d'y
Tant d'appas de douceurs, plains de Diuinité,
Nouueaux petis Athlas vous soubstenés la gloire
Sans courber soubs le faix du Ciel de la beauté.

Bi

Braue demarche graue, & douce tout ensemble,
Petis pas amoureux mignonnement menus,
Vostre grace ou l'Amour mille graces assemble,
Conqueste tous les iours mille cœurs à Venus.

O beaux pieds, qui semés les roZes sur la place,
Que vous aueZ foullé daignant marcher dessus,
Ceux qui viennent apres recognoissent la trace
D'vne Diuinité, qui commende la sus.

Petis baZes fendus en cinq rameaux d'yuoire,
Fermes soubstenements d'vn si beau bastiment,
Mes vers en vous louant sont si combleZ de gloire,
Qu'ils pensent pour cela viure eternellement.

Beaux pieds, dont l'aiguillon a mon ame blessée,
En vous loüant trop peu ie crain de blaspbemer,
C'est pourquoy desormais des yeux de la pensée
I'admire vostre los qu'on ne peut exprimer.

Phyllis, belle Phyllis, l'ornement de cest âge,
Aux beaux pieds des autels de vos diuiniteZ
I'appens, deuot, mon cœur, ma main, & cest ouurage
Formé sur le patron de vos rares beauteZ.

Fin des douze beautez de
Phyllis.

CONTINVATION DES

AMOVRS DE PHYLLIS, DV SIEVR DE ROSSET.

STANSES.

ESTIME qui voudra mon co[...]
audacieux,
Ie ne sçaurois voler si ie ne vo[...]
és Cieux,
Tant mon courage est grand, [...]
mon audace extreme,
Si bien que si ie meurs, ceux qui sçauront ma mort
Au lieu de regretter enuieront mon sort,
D'auoir aquis au Ciel vne gloire supreme.

Arriere ces desirs qui par terre rempantz
N'oseroient se bouger comme des vieux serpentz,
Depeur d'estre touchez de l'esclat d'vn tonnerre,
Quant à moy i'ayme mieux en m'eleuant trop h[...]
Tomber d'vn coup de foudre, & mesurer d'vn s[...]
Combien est eleué le Ciel dessus la terre.

Cest pourquoi maintenant, estant comme porté,
Sur l'aisle de l'audace au Ciel de la beauté,
Ayant pour corriuaux les essences diuines,
Iacquiers bien plus de gloire, & d'auantage d'heur
De cueillir des chardons au pieds de sa grandeur,
Que de cueillir la bas des roZes sans espines.

Tousiours vn braue cœur se doit auenturer,
Non pas croupir tousiours de craincte d'endurer,
Les espines tousiours enuironnent la roZe.
Celuy peut commander qui peut estre subiect.
Ie me veux proposer le Soleil pour obiect,
Qui court incessamment, & iamais ne repose.

Mais s'il faut rechercher en amour vn Soleil,
Ie seray ce Soleil, vnique & sans pareil,
Qui ne vis en repos que quand ie vis en peine,
Que si l'autre Soleil nous allume vn beau iour,
I'allumerois aussi les beaux raiZ de l'Amour,
S'ils n'estoient dans les yeux de ma douce inhumaine.

Mais au lieu de rayons, de flames, & d'esclairs,
Les flambeaux de ma foy plus luisantZ, & plus clairs,
Fairont voir les effectZ ou leur lumiere abonde,
Non pas que leur valeur ose tant presumer
De forcer la beauté, qui sçait si bien charmer
Par force ou par amour d'vn clin d'œuil tout le monde.

Car (ô mon doux espoir) tout ce que ie pretens,
C'est de faire apparoistre aux espritz plus contens
  Que l'on vit sans plaisir, si l'on ne meurt pour elle,
Que si quelcun n'a pas cest article de foy,
Il n'a point eu le cœur de voler comme moy.
Au bien-heureux seiour de la vie eternelle.

Et bien que d'vn souspir ie n'ose tant soit peu,
Soulager mon angoisse en exhalant mon feu,
  Quand pour me regarder sa veuë est abaissée,
Si fais ie toutesfois, bien que secrettement,
Retentir les souspirs de mon entendement
Par le cœur plus hardy de ma belle pensée.

Le plaisir de penser à ma temerité
Me recompense tant de me voir agité,
  Par vn autre penser dont mon ame est guidée,
Que quand mesme Iunon m'en voudroit retirer,
Bien que la iouissance ait force d'attirer,
Ie la refuserois pour ceste belle Idée.

Bienheureux mon penser qui me faict receuoir,
Pour ma correction les marques du deuoir
Afin que mon amour autre part ne s'esgare,
Ie benis desormais toutes mes passions,
Pourueu que sur le poinct de mes afflictions,
Ma fortune en amour soit la gloire d'Icare.

Enfin ie l'aymeray, quoy que ie sçache assez
Que les actes presents, & ceux que sont passez,
Et mesmes les futurs par leur propre origine
Ne m'ont iamais promis de son bel œuil vainqueur
Que mille & mille maux : mais ie hairois mon cœur
S'il n'estoit leur complice au faict de ma ruine.

Phyllis de qui le nom, & le surnom encor
Est escrit en mon cœur en belle lettre dor,
Par la main de l'Amour, d'vne plume de flame,
Si i'ay quelque louange en ces vers que i'escris,
C'est vous qui r'allumant le feu de mes espritz
M'animés comme vn corps s'anime par son ame.

SONNET I.

PHyllis dont les appatz d'apparance si doux
Font voir par leurs effectz l'euenement contraire,
Lors que l'Amour me veut faire cognoistre a vous,
L'Honneur me le deffend comme trop temeraire.

L'vn m'auiue le cœur du beau traict de ses coups,
Et l'autre me retient comme vn pauure forçaire,
L'Amour par le desir de mon bien est ialoux,
L'Honneur par le respect me contrainct de me taire.

Voila comme ie suis agité nuict & iour,
Tout gelé de respect, & tout brulé d'amour,
Sans pouuoir par ma mort mettre fin a ma peine,

Car alors que ie veux voir la fin de mon sort,
Le respect m'ouure bien les portes de la mort,
Mais l'Amour me repaist d'vne esperance vaine.

SONNET II.

PEtit Antre sacré, merueille de nature,
Tesmoing de mon Amour, & de mon deconfort
Touché de mon malheur vous plaignez l'aduanture
Qui conduict mon desastre au giron de la mort.

Et vous petis oiseaux de diuerse peincture,
Vous maudissez l'arrest de mon inique sort,
Et pour mieux honorer ma triste sepulture
De vostre doux gosier rien que plaincte ne sort.

Amantz si la pitié quelque iour vous inuite
De visiter cest Antre ou mon esprit habite,
Lisez ces tristes vers au front de son aspect:

CY GIST VN IEVNE AMANT QVI PERDANT ESPERANCE
D'ESTRE IAMAIS AIMÉ DV SOLEIL DE LA FRANCE
MOVRVT DE DESESPOIR, D'AMOVR, ET DE RESPECT.

SONNET III.

CEs rochers eleuez qui voisinent les Cieux,
Sont pareils aux desirs dou procede ma rage,
L'on ne peut approcher leur sommet que des yeux,
L'on n'atteinct que des yeux le vol de mon courage.

Du hault de ces rochers maints torrents furieux
Naissants, courants, bruyants deschargent leur orage.
Ces superbes desirs, les corriuaux des Dieux,
En versent par mes yeux autant, ou d'auantage.

Le sommet de ces monts du foudre sont broyez,
Comme des Phaëtons mes desirs foudroyez
Des beaux yeux de Phyllis esprouuent le tonnerre,

La nege de ces rocs dure eternellement,
Mes desirs de respect sont gelez tellement
Que bien qu'ils soient au Ciel ils ne bougent de terre.

SONNET IIII.

FAult-il donc que ie meure & que ie n'ose dire
Le nom de la beauté cause de mon trespas,
Arriere, ô vain respect, qui tousiours m'en retire,
Et prend comme vn vautour de mon cœur son repas.

Comme vn torrent enflé qui descharge son ire,
Quand il rompt les remparts qui luy fermoient les pas
Ie veux rompre ce frain, car helas mon martyre
S'en augmente d'autant, en ne le disant pas.

Tout doux, mon cœur, tout doux, ne sois si temeraire,
Souffre patiemment ceste vague contraire
Amant, quand tu deurois en ce flot t'abismer:

Le respect que tu doibs a ta Dame immortelle,
Ayant eu tant de cœur que de l'oser aymer,
Te recompense assez que tu meures pour elle.

STANSES.

IE bannirois de moy toutes extremitez,
Et rendrois en Amour mes pensers limitez
S'ils estoient animez de la masse du monde,
Mais estant comme ils sont de leur essence tels,
Qu'ils n'ont rien de commun auecques les mortels,
Il faut que leur effect a leur cause responde.

La Diuine vertu qui sçait si bien forcer
Ceux-la que son bel œil ne daigne d'amorcer,
Afin que tout le monde adore sa puissance,
M'a sceu si bien purger des vices de mon corps
Que le moindre penser que l'ame en sort dehors
Est vn des grands rayons tiré de son essence.

Car comme sa vertu selon sa qualité,
N'a voulu, ny n'aura iamais de quantité,
Comme estant au plus hault des degrez plus supremes,
Elle a si bien changé toutes mes actions
Que mes moindres pensers, combien que paßions
Sont des rares vertus qui logent aux extremes.

Quelcun m'alleguera que l'extreme en tout lieu
S'oppose à la vertu qui consiste au milieu,
Et que c'est vn erreur de la faire inegalle:
Mais ie luy respondray que ie ne traicte pas
De ce qui se regit par nombre & par compas,
Et de ce qui depend de la vertu Moralle.

Si la vertu qui rend mes pensers animez
Emprumptoit ses rayons des feux plus allumez,
Leur flame ne pourroit estre que relatiue,
Mais estant toute à soy sans dependre d'aucun
Mes pensers qui ne sont tracez sur le commun
Se fondent seulement en la contemplatiue.

Mes penſers que l'obiect ſçait ſi bien transporter
(Si leur rare vertu ſe pouuoit agiter)
  Bien que les paſſions ſoient leurs meres nourrices,
Sont des biens toutesfois ſi rares, & parfaictz
Que ſi l'on en reſſent, comme moy les effectz,
Les maux qu'on va penſant ne ſont que des delices.

Celuy qui va fouillant les myſteres couuers,
Que l'on peut recueillir des ouurages diuers,
  De qui l'idole Greque encor ſe glorifie,
S'il combat mon penſer auec comparaiſon.
Sçache que ie le paye autant auec raiſon
Comme il me ſçauroit faire auec Philoſophie.

Mon penſer n'a beſoing d'eſtre autrement appris,
Car il eſt tellement de ſon obiect eſpris,
  Qu'il ſemble qu'il ne ſoit qu'vne part de ſa Dam
Penſer qui ne ſçauroit receuoir aucun mords
D'autant qu'il abandonne & mon ame & mon
Et paſſant par ſon corps ſe meſle auec ſon ame.

Ce ſont des beaux penſers qui rendent l'homme heu
Qui ne peuuent loger qu'en mon cœur genereux,
  N'ayant pour leur obgect qu'vne eſſence Diuine,
Car comme ſa valeur ne ſe meſure point,
Mon penſer tout de meſme eſt ſans pair, & ſans poi
Comme tirant d'enhault ſa celeſte origine.

Petits esclairs d'Amour, foibles Diuinitez,
Qui mourez ou d'enuie adorant ses clairtez,
Ou de regret de voir vne si pure flame,
Quand cest Astre d'amour s'eclipse de vos yeux,
Adorez son pourtraict que le maistre des Dieux,
Amour de sa main propre a graué dans mon ame.

Vous espritz courageux, appris a bien aymer,
(Si l'exemple en Amour peut vn ame enflammer
Et faire que la foy deuienne plus fidelle)
Que mes desirs hautains vous seruent de phanal,
Mes pensers de timon, mon but de gouuernal,
Mon courage d'estoille, & ma foy de modelle.

Astre tombé des Cieux, ame de mon penser,
Que vostre Deité ne se vueille offenser
Si vers vn tel subgect mon ame est addressée,
Ie ne suis pas du tout pour le moins à blasmer,
Car si i'ay tant de cœur que vous oser aymer,
Mon ame se repaist d'vne belle pensée.

SONNET. V.

Lors que la main d'Amour en vos yeux enfermé
Empoisonnoit mon cœur d'vn venin de blandices
Leurs traistres hameçons m'auoient si bien charmé,
Qu'au lieu d'y resister i'estois de leurs complices,

Mon desir, que i'auois follement emplumé,
Se forgeoit dans les Cieux vn verger de delices,
Et ne preuoyoit pas qu'aymant sans estre aymé,
Il s'alloit preparant vn enfer de supplices.

Si maintenant mon cœur s'est follement deceu,
Qu'il ne se plaigne point du coup qu'il a receu,
Puis qu'il ouurit la porte aux desirs de mon ame,

Ce fut vn grand peché que de voler si hault,
Si sa temerité luy faict prendre vn tel sault,
Qu'il s'en prene à soy mesme & non pas a sa Dam[e]

SONNET VI.

LE subiect, ou le vol de mon penser aspire,
Me faira lire vn iour dans l'immortalité,
Combien que ie n'espere en ma fidelité
Voir estaindre iamais le feu de mon martyre.

Que le Ciel verse en moy la coupe de son ire,
Qu'il escrase mon chef de son foudre, irrité,
Et que pour le loyer d'vne temerité
Dans la mer ie trebusche auec aisles de cire.

I'adoreray sans cesse inuiolablement
Celle-là qui me sceut charmer si doucement,
Pretendant d'acquerir gloire par ma ruine,

Vn tel ce dira-on, bien qu'il sceut de mourir.
Toutesfois il voulut ceste gloire acquerir,
Foudroyé par les yeux d'vne beauté diuine.

SONNET VII.

QVand l'Amour m'eut blessé par les yeux de Phyllis
La flesche en fut si douce à l'heure en ma pensée
Que quand on m'eut offert la coronne du lis,
Pour mieux cherir mon mal ie l'eusse delaissée.

Les œilletz amoureux, tout freischement cueillis,
Nageoient dessus la neige en sa ioue amassée,
La vertu sur son front sans rides & sans plis,
D'vne cheine de roze estoit toute enlacée.

Amour dedans ces yeux luysoit comme vn esclair,
Plus subtil toutesfois, & plus prompt, & plus clair,
Bien qu'en tous ses effectz il ressemble au tonnerre.

L'vn brise le sommet des rochers, & des tours,
L'autre brule le cœur des braues de la terre,
Mais l'vn passe bien tost, l'autre dure tousiours.

SONNET VIII.

LA fueille du laurier quand elle ſent la flame,
Pleine de paßion petille en ſautelant,
Moy quand ie ſens les feux, dont vous brulez mon ame
Ie contrainctz les deſirs qui me vont bourrelant.

Donques vn verd rameau ſans raiſon & ſans ame
Demonſtre qu'a regret le feu le va brulant,
Et moy quand la rigueur de vos beaux yeux m'enflame
Puis-ie bien endurer ſon foudre violent.

Reſpect de ſa grandeur qui mon ame bourelle,
Qui vit iamais helas! vne cruauté telle
De bruler, & n'oſer ſe plaindre & ſouſpirer,

Ainſi faiſoient iadis les vieux Tyrans de Romme
Qui ne ſe contentants de la mort de quelque homme
Deffendoient aux parens encor de les pleurer.

STANSES.

Combien que mille flots, enflez de mes ennuitz,
Couurẽt mes plus beaux iours des plus obscures nuitz
Ie ne voudrois pourtant voir ma peine amoindrie,
Car celle que i'adore, est telle que les Dieux
Ont peur qu'elle ne porte aussi bien dans les Cieux,
Comme elle fait en terre, vn iour l'idolatrie.

Si dont i'ayme tousiours sans espoir d'estre aymé,
Et qu'vne vaine idée ait mon cœur enflammé,
Encor c'est vn plaisir qui mon mal reconforte,
De penser que s'il faut à tel bien aspirer,
C'est tout ce que l'on peut que de le desirer,
Puis que pour l'esperer l'esperance en est morte.

Mon courage de feu s'obstine en sa douleur,
Mes espritz bien qu'ils soient l'exemple du malheur
Ne rendent mon amour pour cela moins solide,
Mes vœux audacieux sont de nature tels,
Que bien qu'ils soient bruslez sur ses diuins autels,
Ils viuent dans le feu, comme la Pyralide,

Si le bruict de son nom, volant par l'vniuers,
Chatouille le desir de tant d'hommes diuers,
Que mesme sans la voir leur cœur se sent esprendre,
Moy qui voy sa beauté mille fois tous les iours,
Ie me consumerois au feu de mes amours,
Si ie ne reuiuois aussi tost de ma cendre.

Tout ce qu'on a chanté de l'oiseau sans pareil,
Qui se brule soy-mesme aux rayons du Soleil,
Afin que par sa mort il reprenne la vie,
Ce n'estoit qu'vn pourtraict qui m'alloit figurant,
Car ie suis le Phœnix qui reuis en mourant,
Aussi tost que ses yeux ont mon ame rauie.

Bien-heureux mon courage incessamment atteinct
De ce foudre d'amour, & si pur, & si sainct,
Qui verse les douceurs par les raiz de ses flames,
De qui le seul penser attire quant & soy,
(Pourueu que le respect s'y mesle auec la foy)
Le Paradis des cœurs, & la gloire des ames.

Rigueurs, desdains, reffus, ne sçauroient m'estranger
De celle qui me sceut si doucement renger
Soubs les loix de l'Amour d'autant plus admirable,
Que toutes leurs rigueurs sont des contentements,
Leurs desdains, & refus des douleurs sans tourments,
Et tous trois des faueurs qui sont incomparables.

Auss

Aussi ceste beauté, ceste aymable beauté,
Qui faict mesme en amour aymer la cruauté,
N'est point de ces beautez que le vulgaire adore,
L'honneur luy sert de lustre, & la beauté de fard,
Et la Nature encore vsa mesme de l'art,
Pour la rendre icy bas vne vnique Pandore.

Celluy qui de son œuil, qui peut tout attiser,
Ne se sent aussi tost doucement embraser,
Incapable d'amour est vne sans ame,
Son cœur est enfermé de roches a l'entour:
Moy ie viurois sans cœur, plustost que sans amour,
Alors que son bel œuil me descouure sa flame.

Mais pour bien contempler ce bel astre des Cieux,
Il la fault regarder seullement par mes yeux,
Car nul autre que moy n'en sçauroit estre digne
Non plus que pour chanter la gloire de son nom,
Ce seroit faire tort a son diuin renom
Si quelque autre que moy vouloit estre son Cygne.

Mais (ô beauté parfaicte honneur de l'vniuers)
Qui pourroit exprimer dans vn nombre de vers
Ta moindre qualité d'effect ou d'apparance,
Car les vers ont tousiours leur limite, & leur poinct,
Tes belles qualitez ne se mesurent point,
Si ce n'est a l'egal de ma perseuerance.

Ne cesse, beau Soleil, de me bruler tousiours
Phyllis, belle Phyllis, l'ornement de nos iours,
Le lustre de ce siecle, & l'Astre de Phyllandre:
Mais helas! garde bien, ô diuine clairté,
Qu'a la fin consumant tant de fois ta cité
Tu ne la puisses pas rebastir de sa cendre.

SONNET IX.

Solitaire rocher que n'ay-ie comme vous,
Ou poinct de sentiment, ou plus de resistance,
Car quand la mer vous bat d'vn flot plein de courroux
Vous fondez soubs vos pieds toute sa violence.

I'estime de Phyllis les orages si doux,
Qui partent de ses yeux les foudres de la France,
Que si mon cœur iamais resistoit à leurs coups,
I'en maudirois l'audace, & benirois l'offence.

Aussi sont-ce des coups si rares, & parfaictz
Qu'à mesure qu'ils font ressentir leurs effectz
Ils laissent dans les cœurs les poinctes de l'enuie,

D'autant que si l'on meurt par leur cruel effort,
D'vne immortelle vie ils guerdonnent la mort,
Bien-heureuse est la mort dou procede la vie

SONNET X.

Elle me blessera sans que ie m'ose plaindre,
Et tirer vn souspir pour mon allegement,
C'est trop souffert mon cœur ie ne me puis contraindre,
Ie luy veux a la fin descouurir mon tourment.

O courage insensé! cuides tu donc atteindre
A cela qu'vn Dieu mesme adore incessamment,
Meurs, temeraire, meurs, & ne cesse de craindre
Ce qu'on ne peut toucher que de l'œuil seulement.

L'Amour qui presidoit le iour de ta naissance,
Sur ton Astre remply de maligne influance
Ainsi predestina ta fidelle amitié,

Car il dit: s'il n'atteinct au but de son attente,
Encor c'est vn plaisir, qui son ame contente,
D'aymer en si haut lieu sans espoir de pitié.

SONNET XI.

Mon desir bien souuent tranche du Rodomont,
Bie qu'il soit aux effectz aussi froid que la glace,
Souuent il s'auanture & se mect sur mon front
Afin que vous lisiez mon amour sur ma face.

Mais si tost qu'il vous voit autant comme il fut prompt
D'abandonner mon cœur où le respect le place,
La cire aupres du feu si viste ne se fond,
Comme il perd son courage & sa premiere audace.

Desir infortuné, qui pour trop haut monter,
Dans la mer des soucis se voit precipiter,
N'ayant autre soulas au malheur qui l'affolle,

Sinon que comme fict iadis vn Lucifer,
Tombant du hault du Pole au plus bas de l'enfer,
Il sçait combien l'enfer est eloigné du Pole.

SONNET. XII.

EN fin ie n'en puis plus, ie perds la patience,
Il la fault descouurir celle qui m'a blessé,
Car on tient qu'en amour l'on a de l'allegeance
De vomir son courroux sur le cœur amassé.

I'ay vescu trop longtemps sans aucune esperance
Du poids de sa grandeur nuict & iour balancé,
Ie veux qu'elle apparoisse, & que l'on sçache en France
Celle qui me detient dans ses laqs enlacé.

Rigoureux frein d'honneur ie veux rompre tes chesnes
Affin qu'en les rompant, ie rompe aussi les gesnes
Que ie souffre en aymant sans espoir d'aucun bien,

Mais ô temerite! d'où me vient ceste audace,
Recognois qu'en mourant des mains de ceste Grace
C'est assez d'y penser, & de n'en dire rien.

TOMBEAV DE PHYLLIS.

DOnques ce Soleil de mes iours,
Qui faisoit naistre mille amours
Par le doux effort de ses charmes,
Iadis l'honneur de l'vniuers,
A changé le feu de mes vers
En vne fontaine de larmes,

Donques les raiz de ces flambeaux,
Iadis si luisantz & si beaux,
Ont senti l'effort de la Parque,
Ne laissant rien de leur pourtraict,
Que l'image de leur beau traict
Au fonds de mon cœur pour leur marque.

Les Dieux craignants que ce Soleil
Deuenant enfin nompareil
Ne priuast l'autre lumiere,
(Car il l'alloit appariant)
Au poinct de son bel Orient,
Couppant le fil de sa carriere.

O mes yeux qui voyez estainct
Cest astre si pur & si sainct,
De qui l'admirable influance,
Seruant de iour aux plus beaux iours,
Donnoit des Amours aux Amours,
Et du lustre à toute la France:

Desbondez vous mes tristes yeux,
Accusons le sort, & les Dieux,
Maudissons leur maudite enuie,
Afin que de douleur touchez,
S'ils ne lamentent leurs pechez,
Au moings ils nous ostent la vie.

Ainsi maudissoit les destins
Le dernier honneur des Latins,
Ce premier Cygne de Florence,
Lors que le foudre du trespas
Eut mis son beau laurier a bas
Dedans le iardin de Prouence.

Aumoings, quand la Parque eut deffaict
Ce rare chef d'œuure parfaict
C'estoit au bout de sa carriere,
Au lieu qu'au poinct de son leuant,
Mon Soleil d'Amour arriuant,
Voit le couchant de sa lumiere.

Ioinct que quand le ſort odieux
Eut mis ſa Laure au rang des Dieux
Ses vers s'acreurent d'auantage:
La mort contraire de Phyllis
Rend mes vers froids & mal polis,
Ayant foudroyé mon courage.

Non ie ne veux plus deſormais,
(Et que ſi ie chante iamais
Ma voix en deuienne percluſe)
Suiuant le pas du Florentin,
Brauer la mort, & le deſtin.
Aux bords de la belle Vaucluſe,

Fin des Amours de
Phyllis.

DIVERSES AMOVRS DV SIEVR DE ROSSET.

STANSES. Pour M.L.B.D.F.

Elle a donques changé si tost la desloyalle,
Et faussé mon Amour si rare & si parfaict,
Mais comme fit iadis l'espouze de Cephalle
Ce que l'Amour n'a peu, l'auarice l'a faict.

Elle a changé d'Amour, & la goutte elancée
A caué le rocher de son cœur aceré,
Iupiter, pour rauir la mere de Persée,
Transforme son essence en vn ruisseau doré.

Ce nouueau Dieu changé, de son thresor arrose
L'Orient de son poil, pour iouyr du Couchant,
Et pour faire apparoistre vne Metamorphose
Il emprunte la forme & les mœurs d'vn marc

La Prouence estonnée en ceste grand merueille
Redict en ses accents ce nouuel accident,
Et comment il se peut que l'on voye à Marseill
Les clairtez d'vn beau iour, luyre en vn Occi

Mais eusse-ie bien creu qu'vne auarice extreme
Luy fict quicter l'Amour de l'honneur precieu
Puis qu'encor en l'oyant, & le voyant moimesm
Ie tache à dementir mon oreille & mes yeux.

I'estois donques pippé d'vne vaine esperance,
Estimant que la foy fict en elle seiour,
Car elle me payoit de feincte & d'apparence,
Lors que ie la seruois de constance & d'Am

Las! qui se fut gardé de ses ruses maistresses
A tromper finement les plus subtils espritz,
Puis que pour les couurir elle vsoit de caresses,
Qui rendroient en Amour les Dieux mesmes su

Car de ses yeux meurtriers, dont tout Ame est
Quand vn traict est cruel, l'autre est doux & tromp
L'vn apporte le coup, l'autre la Panacee,
L'vn faict viure d'espoir, l'autre mourir de peur.

Ces petites douceurs, qui cachent la feintise,
Ces mignardes faueurs qu'elle mesle aux reffus,
Sçauent si bien voler la plus fine franchise,
Que pour s'en diuertir l'on demeure confus.

Bref, d'apparance elle est si douce, l'inhumaine,
Et son propos charmeur nous enchante si bien,
Que pour tromper la voix d'vne telle Syreine
Orphée auec son luth ny seruiroit de rien.

Elle auoit donc si bien maistrisé mon courage,
Que pour mieux affermir l'estat de ma prison,
Quand l'exemple d'autruy me deuoit rendre sage,
Elle bannit de moy l'exemple, & la raison.

En fin ie pensois bien en me flattant moy-mesme,
Que son Amour du mien eut quelque qualité,
Mais en fidelité i'estois du tout extreme,
Elle estoit toute extreme en infidelité,

Infidelle beauté, femme sans cognoissance,
Ton auarice fait que ie hay ton flambeau,
L'vn donna quelque fois à mon Amour naissance,
L'autre pour tout iamais le mect dans le tombeau.

AV MESME SEIGNEVR.

STANSES.

NE vous faschez d'auoir perdu ceste volage,
Baron, dont les valeurs nous seruent d'ornement
Car si c'est astre errant a changé de visage,
Vostre nouueau Soleil luict dans vn firmament.

Vos desirs esleuez sur des cimes de gloire,
D'où nul autre que vous ne sçauroit approcher
Seruiront de tesmoings à la belle memoire,
Que vostre fermeté meritoit vn rocher.

En fin vous possedez ce que vostre heur merite,
Finissant vos mal-heurs en des raiz infinis,
Mais quoy! les beaux esclairs d'vne telle Charite
Meritoient de bruler, comme vous vn Phenix.

Brulez dans les ardeurs de ces diuines flames,
Soyez la Salemendre, elle vos alimantz,
Vous auez rencontré la parfaicte des Dames,
La belle a rencontré le parfaict des amantz.

CHANSON.

QVe me sert il d'estre fidelle,
Puis qu'elle change si souuent.
La Lune, la Mer, & le vent,
Se vont formant à son modelle:
Elle n'a rien de plus constant
Que de changer à tout instant.

Mon cœur ne soyons plus la proye
De ses infidelles amours,
Apres auoir perdu des iours
Autant que les Grecs deuant Troye,
Ie ne veux pas semer mon bien
Sans esperer d'en auoir rien.

Comme elle sçait bien la practique
D'vn souspir feinct, & deceuant,
Elle souspire bien souuent,
Mais c'est vn souspir de musique,
Dedans sa bouche est la rancœur,
Quand l'alegresse est en son cœur.

Si par vne plaincte debille
Les larmes luy coulent des yeux,
C'est pour nous en deceuoir mieux,
Ainsi que faict le Crocodille,
Qui feinct de plaindre, & souspirer
Pour quelque passant deuorer.

Ses yeux la cause de ma peine,
A l'aborder sont doucereux,
Mais apres ils sont dangereux,
Comme le chant de la Syreine,
Car les rayons de ces flambeaux
Poussent les hommes aux tombeaux.

Le bon-heur de ma Poësie
La faisoit soir au rang des Dieux,
Et les Deesses dans les Cieux
En auoient de la ialousie,
De voir ses triomphes diuers
Portés sur l'aisle de mes vers.

En fin, puis qu'elle est si volage,
Ie ne veux plus en la seruant
Estre recompensè de vent,
La honte apporte du dommage:
Quelle recherche bien pourtant
Iamais n'en fut de plus constant.

STANSES.

SI mon humeur se paist d'vne flame volage,
Le deffaut vient de vous, il ne vient pas de moy,
Vostre foy tous les iours prend vn nouueau visage,
Ie change tous les iours de visage & de foy.

Si vous m'aymiez tousiours, i'en fairois tout de mesme,
Car ie suis resolu vous suiure pas à pas,
Qui m'ayme extremement, extremement ie layme,
Si vous ne maymez point, ie ne vous ayme pas.

Faisant comme ie fais, ie n'aquier point de blame,
Ie tasche à vostre humeur la mienne conformer,
Car tout parfaict amant se conforme à sa Dame,
Quand elle n'ayme point il ne doibt point aymer.

Courez donques au change, & faictes exercice
De tromper nos Amours fondez legerement,
Belle ie changeray sans vostre preiudice,
Car pour l'amour de vous i'ayme le changement.

STANSES.

AMynthe, belle Amynthe, où mon Amour se[n]
Et ma foy se retire,
Donques vostre peché n'estoit pas assez grand
De changer en vn pire,
Si vostre humeur, qui vole apres le changement,
Ne changeoit à tout heure, & de flame & d'am[...]

O Dieux! vous ne deuiez auec tant de beauté
Marier tant de grace,
Ou bien vous luy deuiez donner la cruauté,
Les desdains & la glace,
Car son humeur, qui vole apres le changement,
Va changeant à tout heure & de flame d'am[...]

Si seul ie possedois la gloire de ses yeux,
L'heur de ceste victoire,
M'esleueroit si hault, qu'à la gloire des Dieux,
I'esgalerois ma gloire:
I'ayme moings de faueur, & de contentement,
Que de vous voir changer à tout heure d'am[...]

Ie sçay bien que Mineruе, ou Diane, ou Iunon,
Ou la molle Deesse
Luy cedent en beaulté, mais elle n'a sinon
Que manque de rudesse,
Car son humeur qui vole apres le changement
Va changeant a tout' heure & de flame, & d'amant.

Quand auec peu d'angoisse, & si soudainement
I'en eus le plus beau gage,
Ie deuois bien penser qu'aussi facilement
Elle seroit volage,
Et que son cœur qui vole apres le changement
Changeroit à toute heure & de flame & d'amant.

Puis donc que vous aymez, Amynthe, de changer,
Infidelle Bergere,
I'aquerray desormais le tiltre de leger,
Comme vous de legere,
Car puis qu'Amynthe change à tout heure d'amant
Ie veux changer aussi d'amante à tout moment.

SONNET.

Belle qui vous plaisez de me voir en émoy,
Pourquoy m'accuses vous d'vne inconstãce extreme
Si vous aymez pour vous, ie puis aymer pour moy
Ne blamez en autruy ce qu'on blame en vous mesme.

Vous passez tous les iours les bornes de la foy,
Comme si de changer estoit vn bien supreme
Et moy, qui suis forcé de suyure vostre loy,
I'ayme le changement puis que vostre ame l'ay[me]

Donques estant forcé ie change comme vous,
Nature vous apprit de changer a tous coups:
Madame & la Nature ont vne mesme flame,

Chacune se delecte au diuers changement,
L'vne change de temps, l'autre change d'amant,
La Nature est femelle & Madame vne femme.

STANSES SVR DES BRACELETS DE POIL.

BRacelets qu'vne main, non moings belle que s[age]
A voulu façonner doucement inhumains,
Ie louë en vous loüant & l'ouurier & l'ouurage,
La main & les liens qui captiuent mes mains.

La main qui vous a faictz s'est rendue admirable
En faisant cest ouurage égal à sa beauté,
L'ouurier estant parfaict, fit l'ouurage semblable,
Et l'ouurage & l'ouurier sont pleins de cruauté.

Doux rigoureux liens, belle amoureuse corde,
 I'implore vos douceurs, & non vos cruautez,
Si vous ne nous voulez faire misericorde,
 Pour le moings rendez nous nos cheres libertez.

Belles chesnes d'Amour, mes mains emmanotées
 Ne briseront l'arrest de si douce prison,
D'aultant que la prison, qui les tient arrestées,
 Maistrise leurs ardeurs pour suiure la raison.

Beaux liens c'est à vous de subiuguer les braues,
 Quand ils vont opposant à vos ceps leurs dedains,
Car lors vous les rendez soudainement esclaues
 Et captiuez leur ame aussi bien que leurs mains.

Beaux poils brillants de feu, primes ondes de flame
 O beaux anneaux tressez de mille reths subtils
Si pour vous honorer vous emprisonnez l'ame,
 Que n'emprisonnez vous les amoureux outils.

Beau bracelet d'amour, tu tires ton essence
D'ou l'Amour d'vn beau Meurte allume vn beau rameau
Tu serois en beauté comme extreme en puissance
 Si tu n'auois vn frere & germain, & gemeau.

Beaux germains, doux gemeaux, beau lien, douce estrainte
 Las! vos martyres sont si cruellement doux,
Que despuis que ie suis soubs si douce contraincte
 Ie veux mal à moy-mesme en n'aymant rien que vous.

Bracelets, c'est par vous qu'Amour à de la gloire,
Moy du contentement en ma captiuité:
Quand ie receus le ioug de cinq pilliers d'yuoire,
Ie receus de l'espoir perdant la liberté.

Beaux Bracelets, les yeux admirants la belle ame
De ceste belle main qui si bien vous a faictz,
Se perdent tous confus dedans ces rets de flame,
Incertains de priser la cause, ou les effectz.

Collant mes yeux sur vous, i'y recherche ma gloire,
Et treuue que i'ay tort de ne vous honorer,
Le vaincu doit tousiours honorer la victoire,
Ie veux bien faire plus ie vous veux adorer.

Beau Bracelet ma main vous offre tout seruice,
Et mon ame mes vers, dignes d'vn tel vainqueu
Moy ie vous offriray mon cœur en sacrifice,
Prenés ma main, mon ame, & mes vers, & mon cœu

STANSES SVR LE IEV AVX DAMES.

LA belle source de mes flames,
Cest Astre tout luisant d'Amour,
Pour s'esgayer au ieu des Dames
M'enuoya querir l'autre iour.

Moy qui ne respire ma vie
Que pour l'offrir a son autel,
Pour faire passer son enuie
Ie cours, ie vole à son hostel.

La ceste main que j'idolatre
Auoit l'esbat appareillé,
Dedans vn beau Damier d'Albatre
De belles roses emaillé.

Les pions blancs elle vient prendre;
(Pions d'immortelle valeur)
Et moy ie prens pour me deffendre
Les pions de rouge couleur.

La belle, pour gaigner la lice,
S'efforce à iouër finement,
Et ie conioinctz à l'artifice i
Ma main, mon œuil, mon ugement.

Pour frustrer le poinct ou i'aspire
Elle ne se tient que de loing,
Et quand au combat ie l'attire,
Elle se retire en vn coing.

Moy de nature impatiente
Ie fonds d'ardeur, & de desir,
La belle nege en ceste attente
Dans vn doux fleuue de plaisir,

Elle dilaye, & moy ie brule,
De voir bien tost la fin du ieu,
Il est vray qu'elle dissimule
Lors que son ame est toute en feu,

En fin pour destourner ses ruses.
Vn combat nouueau i'entreprens,
Rien ne luy seruent ses excuses,
Elle me prend, & ie la prens.

En ceste prise mutuelle
Ie fis si bien sans me tromper,
Qu'en vn coing i'enferme la Belle
Sans esperance d'eschapper.

Elle voyant ceste surprise
Tache de sortir de ce lieu,
Mais vaine fut son entreprise,
Car i'auois gaigné le millieu,

Adonc c'est Astre de c'est âge,
Pliant le Damier à l'enuers,
Me regardant d'vn doux visage,
Me dict ces trois ou quatre vers:

O douce cause de mes flames,
Le sort accompagne ton heur:
Nous iouërons souuent aux Dames,
Si tu conserues mon honneur.

CHANSON.

SI vous aymez de fantasie
Ie n'ayme pas d'opinion,
Vne si basse affection
Ne m'a iamais l'ame saisie,
L'effect de mon amour est tel
Qu'il n'a iamais rien de mortel.

Quand vous me promettiez merueilles,
Il est vray que le plus souuent
Pour vous entretenir de vent
I'abbreuuois d'espoir vos oreilles,
Si bien qu'en desguisant nos cœurs
Nous estions tous deux des moqueurs

Que si ma promesse friuolle
Rend vostre desseing imparfaict,
Prenant le propos pour l'effect
Contentez vous de la parolle,
De tel effect qu'on vit sortir
Ie ne me sçaurois repentir.

Aussi ie ne sçaurois deffendre
Que l'on ne s'aille imaginant,
Vn bien qu'on perd incontinant
Alors qu'on ne le peut pas prendre,
Rendez vous seulement repeu
D'vn bien qui me couste si peu.

Comme vostre humeur est extreme,
Aussi vostre Amour est confus,
Car souuent apres vn reffus
Vous vous vantez d'vn bien supreme,
Vous le deuriez plustost celer,
Mais ce sont des chasteaux en l'air.

Mais puis que vostre amour guidée
D'vn desir trop hault elancé,
Vous a flaté par le passé,
Qu'il vous repaisse de l'idée,
Encor l'imagination
A de la consolation.

CHANSON.

Tandis que la belle Catin
Trahissoit l'espoir de Philandre,
Le pauure amant sans se defendre
Rendoit les armes au destin.

Le sort, qui l'auoit destiné
Pour estre le but de ses armes,
La baignoit dans l'onde des larmes
De cest amant infortuné.

Deux yeux doucement inhumains,
Luy lançoient la flame & la glace,
Meslantz les douceurs de la grace,
Auec la glace des desdains.

Le feu de la douce amitié
Faisoit briller l'vn de ces astres,
L'autre tout comblé de desastres,
Luisoit sans grace & sans pitié.

L'vn promettoit à son deuoir
Le fruict d'heureuse recompense,
L'astre de mauuaise influence
Luy coupoit l'aile de l'espoir.

Si bien que ses maux infinis,
Quand il pensoit estre deliure,
Alors qu'il ne pouuoit plus viure
Reuiuoient comme le Phœnix.

En fin ce miserable amant
Balancé d'espoir & de crainćte,
Luy fićt vn iour ceste complainćte
Afin d'alleger son tourment.

Belle Catin dont les appas
Immortalisent mon enuie,
Vous me deuriez donner la vie,
Ou bien auancer mon trespas.

CHANSON.

HElas! pourquoy ne suis-ie mort?
Pourquoy le trespas ne s'auance
De couper le fil de mon sort,
Puis que ie vis sans recompense,
Et que ie vois sans coup ferir
Vn sot le laurier aquerir?

Beauté, qui m'alloit promettant
Vne constance inuiolable,
D'où vient ce desir inconstant,
Qui vous rend si tost variable?
La foy, l'amour, & le deuoir,
Ne sçauroient donc vous emouuoir?

Verger qui le pacte receut
D'vne volonté mutuelle,
Que l'Amour luy mesme conceut,
En tesmoignage ie t'appelle,
Puis que son Amour deceuant,
Est porté sur l'aile du vent.

Et vous, ô Meurtes amoureux,
Dont l'escorce encore enlacée
D'vn charactere malheureux,
Produict la promesse faussée,
Ie vous appelle en iugement
Contre ce traistre changement.

Maudit desormais soit le iour
Que ie me mis en son seruage,
Puis qu'elle n'obserue en l'Amour
Que ce qui la rendra volage,
Ce iour soit rayé malheureux
Du Calendrier des amoureux

COMPLAINCTE D'VNE DAME

STANSES.

FAut-il donc que mon ame aime sans estre aimé
C'est infidele amant, qui m'ayant allumée
D'vn feu qui ne se peut esteindre aucunement,
Triomphe glorieux de ma chere deffaicte,
Et ne recognoit point qu'vne telle conqueste
N'appartient aux mortels, mais aux Dieux seulement.

Le puis-ie bien cherir, cest ingrat miserable,
Qui ne sçait pas iuger combien est honorable
D'enchaisner mes desirs, & les mettre en prison,
Si quelque Dieu pouuoit tant de faueur aquerre
Il feroit desormais son Paradis en terre,
Mais il manque d'Amour en manquant de raison.

O pauure amante helas! amante infortunée
Quel malheur, qu'elle estoille, & quelle destinée
Te reseruoit aux maux, dont tu ne peux guerir?
Amour voulant punir l'orgueil de ton blaspheme
Qui fouloit soubs ses pieds son Diuin diademe
A vengé tant d'amantz que tu faisois mourir.

Amour pardonne moy, ie confesse ma faulte,
I'ay peché, ie l'auouë, & ta maiesté haulte,
S'elle pese mon crime aux poids de l'equité,
Quand tu m'accablerois d'vn enfer de miseres,
Encor ces chastimentz rigoureux, & seueres
Ne me puniroient pas comme i'ay merité.

Toutesfois, puis qu'vn Dieu modere le supplice
Lors que le criminel recognoissant son vice
Se prosterne humblement aux pieds de ses autels,
Toy, grand Dieu, tu ne doibs dementir ton essence,
Autrement l'on dira que la recognoissance
Se banit desormais du cœur des immortels.

Amour contente toy que ie brule sans cesse,
Moy qui suis, tu le sçais, vne humaine Deesse,
De l'Amour d'vn ingrat qui mesprise tes loix,
N'est-ce pas endurer vne cruelle rage,
De voir ma Deité maintenant en seruage,
Qui n'a pour se venger, que les pleurs, & la voix?

Donques cest impudent se mire dans ma grace,
Se mire dans mes yeux, & ne fond point sa glace,
Dedaignant de gouster le miel de mes appas,
Il voit mon front, ma main, que nul autre n'egale
Toutesfois ce mignon, comme vn autre Cephale,
S'enhardit de me voir, & ne m'adore pas.

Il feinct quand il me voit, que son ame angoissée
Ne respire qu'en moy le fonds de sa pensée,
Que mille ardents desirs entretiennent tousiours,
Mais alors que son œuil loing de moy se retire,
De tous ces maux passez il ne se faict que rire,
Et dict qu'il tient en main les sceptres des amours.

Encor pour augmenter le torment de mes gesnes,
Il monstre a tous propos des amoureuses chesnes,
Ouurage façonné de l'or de mes cheueux,
Et dict que ces beaux ceps, qui ses bras enuironnent
Sont autant de lauriers, dont mes mains le couronnent
Au temple de son nom, ou ie dresse mes vœux.

Cruel qui ne fais cas de despouilles si rares
Qui forceroient les cœurs, mesmes le plus barbares,
D'en aimer le subiect par force, ou par amour,
Que le Dieu qu'autrefois mon ame à mesprisée,
Te puisse faire vn iour ma fable & ma risée,
Et que ce que tu fais, ie le face à mon tour.

Mais helas! qui m'eust dict que ceste ame infidele
N'eut payé mon amour, d'vne amour mutuele,
Qui n'eut creu ses sermentz, si tost enseuelis?
Contre tant d'ennemis me pouuois ie defendre?
Si ie puis vne fois abandonner Philandre,
Iamais vn autre amant n'abusera Phyllis.

ELEGIE.

NE faictes plus la fine, ô ma saincte Deesse!
Regardez mon amour, & non vostre rudesse,
Que mon affliction vous face receuoir,
Sinon le traict d'Amour, celuy-là du deuoir.
Regardez, ô mon cœur! ô ma seule esperance!
Comme ie vous honore en toute reuerence,
Que mesme de respect ie n'ose seulement
Tirer vn seul souspir pour mon allegement.
Iettez l'œuil sur ma peine ô ma belle aduersaire!
Et ce que par amour vous dédaignez de faire,
Escoutant les regretz d'vne saincte amitié
Belle, vous le faisiez pour le moins par pitié!
Las! pour vous obeir, ô ma plus chere idole
Voulez vous que mon ame à vos beautez i'immole.
Voulez vous que mon cœur i'immole à vos beaux yeux,
A vos yeux, ains plustost à ces astres des Cieux.
Yeux coronnez de feu, d'appatz, d'attraictz, de grace,
Yeux autāt pleins de chault, cōme ils sōt pleins de glace,
Car ils vont animant les cœurs inanimez,
Et gelent de respect les cœurs plus enflammez.
Madame ie sçay bien que le but ou i'aspire
Est trop hault colloqué pour vn aile de cire.

Ie sçay que i'entreprens vne temerité
D'aspirer à l'amour d'vne Diuinité.
Toutesfois si d'amour l'extreme obeissance
Oblige, comme on dict, à la recognoissance,
D'œil d'amour vous deuez regarder quelque iour
La grande extremité du feu de mon amour.
Beau feu de mes desirs, ardeur de mon courage,
Vous me faictes mourir en la fleur de mon âge,
Mais, helas! ceste mort me viendroit appaiser,
Si deuant que mourir i'auois vn seul baiser.
Or de ce seul refus de douleur ie me pâme,
Et deuant que mourir ie sens mourir mon ame,
Si bien que d'vn costé la mort me rend heureux,
De l'autre part ie meurs, Madame, malheureux.
Heureux: car le mourir soulage mon martyre,
Si la mort sur l'Amour peut auoir quelque E[...]
Mal-heureux, si l'on garde encor d'amour espri[...]
Le traict enuenimé du beau fils de Cypris.
Il est vray (i'en suis seur) que la parque cruele
Ne sçauroit estouffer vne amitié fidele,
Immortel est le feu de l'amour qui nous cuict
Et par mesme moyen les effectz qu'il produict.
Les effectz sont les biens, & les faueurs diuerses,
Les larmes, les souspirs, & mille autres trauerses,
Qui vont suiuant leur cause, & sont en action,
Ou par la iouissance, ou par la passion.

Belle vous refusez vne petite chose,
Celuy qui recueillit & l'œuillet, & la rose
De vostre beau Printemps, vat-il bien meritant,
Autant comme ie fais cela que i'ayme tant,
Bien-heureux il triomphe en heureuse abondance,
Et moy pauure chetif, las! ie meurs d'indigence,
Encore il ne faict cas de vous, que par acquit,
Estimant peu de faict le iour qu'il vous conquit.
Comment en sçauroit-il iuger ce miserable,
Puis que mesme d'amour il est tout incapable?
Vous le sçauez, assez, toutesfois, quel ennuy!
Vostre honneur dictes vous ne deppend que de luy?
Dependre de l'honneur de vostre propre honte
Dependre de celuy qui de vous ne faict conte,
Qui tousiours vous mesprise, helas! vous descouurez
Qu'vn amour aueuglé vous a tous deux naurez
Vous pour aymer vn sot, sans ame, & sans courage,
Luy pour vous posseder, sans peur, & sans dommage,
Vous pour suyure ces vœux, luy comme par mespris
Augmenter tous les iours le feu de vos esprits,
Vous viuant sans plaisir, & luy sans peine aucune
Sans craincte de porter les armes de la Lune,
Car il vous tient si bien liée en sa prison,
Qu'il a mesme asserui vostre propre raison,
Si bien que ce qu'on doibt rendre à la courtoisie,
Vostre esprit le consume au feu de ialousie,
Et le traict du deuoir dont vostre cœur est poinct,
Lethargique en erreur vous ne le sentez point.

L

Madame, de vos yeux escartez ces tenebres,
Et d'vn Cygne mourant oyez les chantz funebres
Qui mourra bien-heureux s'vn clin d'œuil de pitié
Regarde à son trespas sa fidelle amitié.

SONNET POVR MONSEIGNEVR LE DVC D'VZES.

I'Adore vn bel esprit d'vne beauté diuine
Qui par ses doux attraicts rauit ma liberté,
Celle qui d'vn clin d'œil de sa viue clairté
A fondu le glaçon qui geloit ma poictrine.

Ie ne pensois iamais que le traict de Cyprine
Grauast dedans mon cœur les traictz d'vne beau[té]
Moy que le Ciel a faict, comme Hercule indompté,
Pour remplir de Lauriers ceste ronde machine.

Mais courage, mon cœur, ne t'estonne pourtant,
Ce foudre de la guerre en fict iadis autant,
Auisant son Iole il despouilla ses armes,

Moy ie despouilleray tous mes guerriers atours,
Si bien que si ie suis l'Alcide des gendarmes,
Ie seray desormais le Phenix des Amours.

STANSES A VNE DAMOISELLE NOMMEE LAVRE

Pour L. S. D. S. P.

LAure de qui dépend le bon-heur de mes gloires,
D'où coulent les douceurs, la grace, & les appas,
De qui les doux regards sont autant de victoires,
Et de qui les rigueurs sont autant de trespas.

O Dieux! que mon pouuoir mon desir ne surmonte
Celle de qui le nom vole par l'vniuers,
Comme vostre beauté la faict rougir de honte,
Son chantre de regret estoufferoit ses vers.

Puis que de tant d'honneur vous estiez embellie,
Que n'a permis le Ciel qu'auec tant de bonheur,
Vous ayez rencontré le Cygne d'Italie,
Puis qu'il ne vouloit pas m'en reseruer l'honneur?

Beau laurier adoré des plus diuines ames,
Qui glacez & brulez les hommes & les Dieux,
D'où vient que vous iettez tant de feux, & de flames
Si vous estes si verd & si moite à nos yeux?

Beau Laurier, c'est l'Amour qui faict de deux contraires
Naistre comme il luy plaist vn accord discordant,
Car ces contraires là s'accordent comme freres,
Tandis qu'vn met le feu, l'vn glace cependant.

Couronne des guerriers, quand vous sentez la flame,
Sautelant vous iettez vn cry dés aussi tost,
Moy, quand ie sens les feux dont vous brulez mon ame,
Ie demeure insensible, & ne dis aucun mot.

Arbre luisant d'honneur, ie suis reduict en poudre
Quand i'approche vn subiect d'apparance si doux,
Ie croy que vous auez la qualité du foudre,
Voila pourquoy iamais il ne tombe sur vous.

Belle plante d'honneur que l'Amour authorise,
En qui le Ciel respend la gloire de son heur,
Celuy qui de vos feux ne sent son ame esprise
N'a iamais eu son ame esprise de l'honneur.

STANSES.

Elle feinct de marcher par nombre & par mesure,
Et compose ses pas d'vn mouuement diuers:
LMais c'est pour receller les defauts de nature
aquelle luy forma les iambes de tauers.

Marchant à petis bonds tousiours elle se guinde
Pour couurir finement ce que Nature a faict,
Et son marcher ressemble à celluy d'vn Coq d'Inde
Mais l'vn est naturel, & l'autre contrefaict.

Elle pense pourtant n'estre pas descouuerte
Tant elle est indulgente à sa presomption,
Non plus qu'en se parant de ceste robe verte,
Laquelle dés long temps passe prescription.

De son Godemißis l'histoire est trop cognue,
On en parle par tout elle à beau le celer,
Car les petis enfans l'a chantent par la rue,
Toutesfois par honneur ie n'en veux point parler.

Bien-heureux soit le iour qu'vn desdain salutaire
Me fict surgir au port de la sage raison,
Afin que desormais mesprisant ce corsaire,
I'apprenne d'euiter les fers de sa prison.

Ell'a beau de tenter encore ma conqueste
I'ay cogneu, bien que tard, la perte de mon mieux
Auant que de me rendre au pieds de ceste beste,
I'arracheray mon cœur, & creueray mes yeux.

CONTRE VN ZOILE.

STANSES.

CE sot qui mesprise mes vers,
Qui tousiours hoche de trauers
Ma Muse escrite dans les Poles,
Comme estant du tout imparfaict,
Faict des parolles sans effect,
Moy des effectz & des parolles.

Aussi mon laurier triomphant
Faict autant de cas du forfant,
Brulé de regret & d'enuie,
Que ie ne daigne seulement
Regarder ce petit gourmant
Pour voir s'il est encor' en vie.

D'où vient cela que les cerueaux
Subectz à des coups de marteaux
Sont tousiours bouffis d'arrogance?
Tesmoing vn fat son compagnon
Qui pense dedans Auignon
Estre le premier de la France.

Les Corbeaux ont beau se parer,
Le Cygne ne peut endurer
Que leur voix son Meandre souille,
Et la Syreine ne veut pas
Auec sa voix pleine d'appas
Mesler la voix d'vne grenouille.

Son vers regratté mille fois
Sans raison, sans rime, & sans poids
Plus froid qu'vne piece de glace,
Parmi les plus galands espritz
Se rend la fable & le mespris
Comme la corneille d'Horace.

Ma patrie a bien cest honneur,
D'auoir produict quelque sonneur
Dont la vertu la gloire esleue:
Mais elle produit bien souuent
Des bouffons tous enflez de vent
Que l'arrogance à la fin creue.

Bouffon ie ne te veux nommer,
Car ce seroit trop t'estimer,
L'honneur me le vient de deffendre,
Mais si touché de tes malheurs,
Tu veux appaiser tes douleurs
Ie te conseille de te pendre.

Perussis l'honneur des Amours,
O rare perle de nos iours,
Lors que ie l'escoute mesdire,
Ie ne sçay point si lescoutant
I'en doibs pleurer tout à l'instant,
Ou bien tout à l'instant m'en rire.

Ce pauure beuffle manequin
Auec son vers de brodequin
Faict d'vne part misericorde,
Mais il doit craindre d'vn costé
Qu'abbusant trop de ma bonté
Ie ne luy file quelque corde.

Mais pourquoy m'arrestay-ie tant
Contre vn si foible combatant
Quel honneur y peut on aquerre
Puis que par la main d'vn bourreau,
On grauera dessus sa peau
Bientost les armes de sainct Pierre.

CONTRE VNE MARRANE OV DESCENDVE DE LA RACE des Iuifs.

STANSES.

IMage de la mort, ô fureur execrable,
Pasture des corbeaux, nourriture des vers,
Ie veux par mes escrits te rendre miserable,
Et te depeindre au vif aux yeux de l'vniuers.

Hostesse des tombeaux, carcasse descharnée,
Visage contrefaict d'artifice, & de fard,
Ie t'offrirois en don vn pourceau d'vne année
Si tu ne detestois extremement le lard.

Marrane qui descens de ceste infame race,
Qui dans le sang de Christ s'alla contaminant,
Quiconque emprunteroit la laideur de ta face,
Croy qu'il feroit bien rire à Caresme prenant.

Visage que la rogne & la tigne demange,
Regard de chat-huant, bordé d'escarlatin,
Quand ton ventre est remply du suc de la vendange,
Tu parles en yuroigne, & non pas en Latin.

Rage de noirs serpents, & de vipere ceincte,
Erebe de l'enfer, infernale fureur,
Quand ie parle de toy mon cœur fremit de craincte
Et le poil de mon chef s'en herisse d'horreur.

Trompete de discorde, ornement de tout vice,
Nez plain de puanteur, haleine de crapault
Poictrine de chamois, gros ventre de Suisse,
Dos d'vn haran sauret, cuict de sel & de chault.

Que ie te veux de mal, bouche contaminante,
Ie te veux par mes vers faire desesperer,
Car mon cœur qui te hait, ô charogne relante,
Ne prend autre plaisir qu'à te vituperer.

Compagne d'vn Succube, & putain d'vn Larüe,
Qui te vont lanternant la ceruelle & le corps,
Iambe de gabian, & vilain col de grue,
Ie ne crain les serpents de tes cheueux retors.

Car, sorciere, mes vers sçauent charmer les charmes,
Et dompter ta ceruelle, & tes espritz mutins.
Ie ne veux que mes vers pour reboucher les armes,
De toy, de tes serpentz & de tous tes lutins.

O vous qui frequentez ceste coquine infame,
Qui pour la courtiser passez & repassez
Les iours mal despendus, & les nuictz en diffame,
Vous estes aueuglez, vous estes insensez.

Mais voyez vous pas que la perruque blonde
Dont elle orne son chef, de verolle pelé,
Est l'entortillement d'vne coleuure immonde,
Que d'vn poil deguisé cest' Alcine a voilé.

Car quand l'astre du iour dedans la mer se mouille,
Et que d'obscurité le monde est tout couuert,
Cest' infernale horreur les sepulchres despouille,
Et des cheueux des mortz la vilaine se sert.

Monstre plain de fureur, si tu me veux entendre,
Tu finiras tes maux d'vne infame lasset,
I'aurois vn grand plaisir si tu te pouuois pendre
De despit, en lisant les poinctes de Rosset.

TOMBEAV D'VN POETASTRE.

ICy gist vn Poëte veau
Qui ne doibt estre regretable,
Car sans la Parque fauorable
Il seroit Poëte Taureau.

Quand il mourut ie ne sçay pas
S'il crachoit les vers par la bouche,
Mais ie sçay bien que du Grimouche
Les vers prendront vn bon repas.

Il trespassa l'an qu'il mourut:
Priez Dieu qu'en paix il sommeille,
Car il vuidoit vne bouteille
Lors que la Parque le ferut.

Mais auant que rendre l'esprit,
Se souuenant tousiours de boire,
Il commanda que pour memoire
Quelcun luy grauast c'est escrit.

Sur ces os icy recueillis,
Pries, passans, que l'eau ne tombe,
Et couurez de pampre ma tumbe,
Au lieu de roses & de lis.

FIN.

PARANYMPHES DV SIEVR DE ROSSET.

A MONSEIGNEVR L'ILLVSTRISSIME, ET REVERENDISSIME Monseigneur PAVLINO BERNARDINO Dataire de nostre sainct Pere le Pape.

STANSES.

Toy qui soustiens le Ciel comme vn second Atlas,
Qui vois tout, & fais tout sans iamais estre las,
De qui le doux repos ne fut iamais sans peine,
Si parmy les lauriers qui te vont occupant
Ces vers te vont par fois les oreilles frapant,
Souuien toy qu'ils ne vont que deuers leur Mecene.

Soubs ton nom glorieux ils voleront par tout,
D'vn bout de l'vniuers, iusques à l'autre bout,
Acquerants tous les iours quelque plume nouuele,
De voir qu'vn tel Seigneur, l'vnique amour des Cieux,
Non seulement les daigne honorer de ses yeux,
Mais encor les couurir de l'ombre de son aile.

Ingrat & desloyal ie ferois voir à tous
Que ie serois conceu des Tigres & des Loups,
Apres auoir senty tes faueurs liberales,
Si ma Muse, qui tache à t'aymer à son tour,
N'alloit mieux conseruant l'honneur de ton Amour
Que tes predecesseurs le sainct feu des Vestales.

C'est pourquoy maintenant, pour faire mon deuoir,
Ie marie au desir ce que i'ay de pouuoir,
Frappant de ton renom & l'vn & l'autre Pole,
Si bien que les esprits de gloire reuestus,
Estonnez par les chants de tes rares vertus,
S'attachent par l'oreille au son de ma parole.

Peuples, ce beau Soleil qui luit dans mes escrits,
C'est l'Ourse qui reluit au ciel des beaux esprits,
Qui rend sa flame pure encor plus embellie,
Car voyant les neuf Sœurs courir droict au tombeau,
Elle leur distribue & du pain & de l'eau,
Comme iadis Abdie aux compagnons d'Helie.

Quelle gloire se peut à la tienne égaler?
En te louant trop peu i'ay peur de raualler
Ce qu'on doit à ton nom, en tiltre de l'hommage
Que les Muses te font, pour payer les bienfaicts,
Que tu nous fais tousiours, & tousiours nous as faits,
Et poursuis de nous faire encore dauantage.

Toutesfois (Monseigneur) nos effects sont diuers,
Tu me donnes du bien ie te donne des vers,
Toy pour aymer ma Muse, & moy ta vertu rare.
O bel esprit qui n'es qu'à bien faire trop prompt.
Auec mille lauriers qui t'embrassent le front
Puisses-tu quelque iour marier la Tiare.

AV MESME SEIGNEVR.

Manier dextrement quelque important affaire,
Cela peut conuenir à beaucoup de Romains:
Mais voir tout, faire tout, passer tout par ses mains,
Il n'appartiēt qu'à vous, TRES-ILLVSTRE D'ALTAIRE

ESTRENES,

A MONSEIGNEVR L'IL-LVSTRISSIME ET REVERENDISSIM[E] CHARLES DE CONTY, Baron Romai[n] & Vice legat en la Legation d'Auignon.

STANSES.

Prince dont les valeurs nous seruent d[e]
claire Ourse,
Et foulent sous les pieds les vices a[-]
batus,
Ores que l'an nouueau recommence sa course,
Ie recommence aussi le los de vos vertus.

Quelqu'autre pourra bien aux pieds de vostr' image
Offrir quelques effects de son ambition:
Mais il faut qu'il me cede en douceur de langage,
Puis qu'il ne peut atteindre à mon affection.

Les bien faictz que sa main m'a verse liberale
M'ont graué telement le seruice & la foy,
Que ma deuotion ne peut auoir d'egale
Puis qu'estant du tout sien ie ne suis plus à moy.

Tres-illus[t]

Tres-illustre Seigneur, dont la riche abondance
Des vertus, sert de gloire & de figure à tous,
Quand le Ciel vous donna pour l'honneur de la France
Il vous fit seul vnique & seul egal à vous.

Ce n'est pas sans raison que Clement vous honore,
Vous prise comme on prise vne perle de pris:
Car vous estes celuy que l'Italie adore
Comme l'esprit des grands, & le Grand des esprits.

Bien heureuse cité qui te vois gouuernée
D'vn Prince de Conty, si iuste & si clement,
O que tu doibs benir l'heureuse destinée,
Qu'il fut commis du Ciel pour ton gouuernement

Auant qu'il feust à toy, les griffes des Harpyes
Abreuuoient de ton sang leur desir indompté,
Mais luy pour refrener & les Geais, & les Pies,
Balance leur salaire au poids de l'equité.

Ces duëls inhumains, tes combats sanguinaires,
Qui rendoient tes enfans au meurtre accoustumez,
Desia par la coustume estoient tous ordinaires,
Si son iuste courroux ne les eut consumez.

Prince tige sacré de ces grands Capitaines
Qui conquirent iadis le rond de l'vniuers,
Le sort vueille accomplir la fin de ces estreines
Que le bon-heur escrit sur la fin mes vers.

N

Ainsi vostre Aigle ainsi soit tousiours coronnée
Mesprisant la rigueur du sort iniurieux,
Puissiez vous commencer heureusement l'année,
Coronné iustement du chappeau glorieux.

Le Ciel qui vous a faict l'obiect de la memoire,
A vos chastes desirs donne accomplissement,
Vous estes maintenant l'astre de nostre gloire,
Puissiez vous estre vn iour l'astre du firmament.

A MONSEIGNEVR L'ILLVS-LVSTRISSIME ET REVERENDISSIME IEAN FRANÇOIS BORDIN, Archeuesque d'Auignon.

STANSES.

SI iamais vn Prelat à merité d'auoir
Vn renõ glorieux parmi les Catholiques
C'est ce rare Bordin la gloire du sçauoir,
Le bouclier de la foy, le fleau des Heretiques

C'est ce digne Prelat l'honneur des sainctz guerriers,
Qui terrassent l'orgueil de l'Hydre â plusieurs testes:
De qui les saincts discours sont autant de lauriers,
De qui les sainctz escritz sont autant de conquestes.

Mais si iamais Prelats remplis de pieté
De mespris de fortune, & de vertus insignes
Ont merité leur part à l'immortalité
Quels Prelats de l'Eglise en ont esté plus dignes?

Ses belles qualitez, dont chacun est rauy,
Le font tousiours paroistre en tout temps admirable
Sa douceur, & sa foy combatent à l'enui,
L'vne le rend aymable, & l'autre venerable.

O qui si nostre mere en tout temps eut produict
De si dignes Prelatz & doctes & fidelles,
Iamais vn Lucian n'eut apporté le fruict,
Qui faict precipiter tant de sectes rebelles.

Iamais aucun Prelat par ses impures mains
N'eut porté du scandale à l'Eglise Romaine,
L'on n'eut pas reproché que nos Pasteurs Romains,
Escorchoient leurs brebis pour en tirer la laine.

L'Eglise n'eut pas veu tant de saccagementz,
Tant d'horreurs, & d'erreurs parmi tant de delices,
Et de ce qui restoit des cruels Solimans
L'Heretique n'eut faict vn Auge de tous vices.

Außi ce grand Prelat il n'a point abreuué
D'enseignementz communs son esprit par l'oreille,
C'est Philippe qui la sainctement éleué,
Philippe de nos iours vne grande merueille.

Philippe qui lisoit dans le cœur des humains,
Qui chassoit les Dæmons autheurs des impostures:
Qui touchant quelque fois le grand Clement aux mains
En bannit la douleur qui se prend aux ioinctures.

Philippe dont le nom relnict dedans mes vers,
Qui merita d'auoir vne si saincte grace
De voir auant sa mort le Roy de l'vniuers,
Et la Vierge sa mere encore face à face.

O Dieu qui vois d'enhaut toutes nos volontez,
Qui sondes la pensée auant qu'estre pensée,
Vueilles benir mon maistre, & que de tes bontez
Soit par dessus son chef la coupe renuersée.

Donne, Seigneur, qu'il viue encore parmi nous,
Et qu'aux ans de Nestor son âge puisse attaindre,
Afin que preseruant ton espouse des loups,
Il oste le subiect encore de les craindre.

Fai que ce qu'il merite il puisse receuoir,
Car si par le merite vn tel heur on possede,
C'est luy seul des Prelats qui merite d'auoir
L'Honneur à qui l'honneur de toute gloire cede.

A TRES-ILLUSTRE ET TRES-PUISSANT SEIGNEUR MONSEIGNEUR Emannel de Crussol Duc d'Vzés, Prince de Soyon, Pair de France.

STANSES.

LAuriers qui coronneZ lés temples des guerriers,
Vous coronneZ mon Duc en la fleur de son âge:
La valeur, la grandeur demendent les lauriers,
L'vne est dessus son front, l'âutre dans son courage.

L'vne & l'autre sur luy brillent egalement,
L'vne atteinct au plus hault, l'autre touche à l'extreme,
L'vne luy sert de gloire, & l'autre d'ornement,
Non tant pour son honneur que pour leur gloire mesme

I'admire sa valeur, i'honore sa grandeur,
Mon esprit s'esbloüit aux rayons de leurs flames,
Ces flames toutesfois m'inspirent vne ardeur,
Affin que ceste ardeur donne à mes vers des ames.

Grand Duc en qui le Ciel à versé tant d'amours
Pour arroser la fleur de ton âge si tendre,
Sur vn si beau subiect se fonde vn long discours,
Mais il demeure court ne te pouuant comprendre.

L'infiny du finy ne se mesure point,
Mes Vers sont mesurez, tes Vertus infinies:
Quand ie te veux louër, ie touche bien au poinct,
Mais il meurt dans la bouche & laisse les enuies.

Ores que ton VZés par des presantz diuers,
Tesmoigne les effectz de son fidele hommage,
Ie te donne, mon Duc, le present de mes vers,
Hors de la ie ne puis te donner d'auantage.

Quand bien ce que ie doibs, comme tenãt de toy,
N'obligeroit ma Muse au deuoir du seruice,
Toutesfois (Monseigneur) i'immolerois ma foy
Sur l'autel de ton nom encor en sacrifice.

Ainsi mon Duc, ainsi puisses tu paruenir
A ce que les destins heureusement promettent,
Et ce qui faict aux tiens garder le souuenir,
Ta foy le mainctenant soubs les loix le soubmettent.

CHANT TRIOMHAL,

OV TROIS NYMPHES, LA FRANCOISE, LA LATINE ET CELLE DV LANGVEDOC SE DEBATTENT QVI AVRA L'HONNEVR DE SALVER Monſeigneur le DVC D'VZES faiſant ſon entrée en ladicte ville l'an 1597.

LA NYMPHE DE FRANCE.

MOn Duc approche toy, miracle de nos iours,
De qui les doux regards font naiſtre mille amours,
Et rendent doucement nos courages plus calmes,
Io te te ſaluë (honneur de l'vniuers)
Heureuſe ſi ie puis marier à tes palmes
Vn chappeau de laurier tout coronné de vers,

NYMPHA LATINA.

Præcipiti blateras quid voce, audacula? num tu
Dignius aut melius quàm Tiberina canes?
Cedat anas cygno, tu cedito Galla Leoni,
Ne pigeatque meos antetulisse modos.
Non canat orbis apex, taceátque vrbs Romula, quando
Heros huius adest vrbis, & orbis honos.

LA NYMPHE DOV LENGVADOC.

Tout ço que debatez non vau pas ren que vaille,
Iamay non quitariei lou camp de la bataille
Per compati qu'vne autre aguesse à quel honou:
Mon Duc dedin sa ville are vou faire intrade,
Et yeu que soui d'eißi vole estre preferade,
Non vous y frettés pas, yeu n'ay may de fauon.

LA NYMPHE DE FRANCE.

Tu voudrois donc peut estre, ô Barbare, emporter
Le pris que ma valeur seule peut meriter?
Toy Latine de mesme? ô Nymphe temeraire,
Quand tu parles de moy sans rime & sans raison,
Il ne fault seulement pour t'apprendre à te taire
Que te resouuenir de Brenne, & de Bourbon.

Nympha

NYMPHA LATINA.

Borbonium, Brēnūque refers? cū Gottica proles
Gannit & indomitos fert super astra Duces?
Ast proceresque, ducésque meas sē'sere secures,
Gallica nec quid habes quod fateare tuum.
Nam tua (si qua tamen) facundia, nil nisi plumæ
Quas patet externis surripuisse tuos.

LA NYMPHE DOV LENGVADOC.

Se tu mectes en viste, ô Romane ta ville
Ressouuen té das maux que ly faguet Atille,
Piei que das GotZ me fas, & non pas das Francés,
Se tu dises que n'as sus France agut victorio,
Per consequen yeu deue ané may donc de glorio
Piei que mous deuanciés an prés Roume dos fés.

LA NYMPHE DE FRANCE.

Aux vergers des Amours mes vers sont recognus,
Sans moy que deuiendroit l'empire de Venus?
Mes vers flattent les Rois de leur douces merueilles:
Mon Duc né dans Paris la merueille des yeux,
Ne peut prester de droict à d'autres ses oreilles,
C'est moy seule qui doibs chanter le nom des Dieux.

NYMPHA LATINA.

Clauditis Heroem tenui vel gente, vel vrbe,
 Qui tamen immenſo vix queat Orbe capi,
Vos canitis verbis, quæ nouit Gallia tantùm,
 Sermo ſed in toto iam meus orbe viget.
Quæſiuere Duces decus hoc ſibi fortibus armis,
 Maior at ingenio gloria parta fuit.

LA NYMPHE DOV LENGVADOC.

Tout lou monde ſça ben que de la Rhetorique
Vous autres ne ſçauez fa vale la practique,
 Que deguiſas lou faict per de belles raiſons,
Penſés pas per aquo d'auè lou ven en pouppe,
Car toutes dos n'auès trop pau mangeat de ſouppe
D'auan nous bourrarian ares a cops de pons.

LA NYMPHE DE FRANCE.

Ie voy bien, ie voy bien qu'il faut Nymphe de France
 Bien qu'a mon grand regret luy ceder pour ſe coup,
De peur qu'elle ne face icy quelque inſolence,
 Car pour ſe faire battre il ne faut pas beaucoup.

NYMPHA LATINA.

Quid ſperem, ſi Franca ſilet? nonne ipſa ſilendo
Cedam, Barbaricos ebibitura modos?
Ni cedam, cædar, pugnis certabit: egenæ
Robuſtus linguæ ſic feret armus opem.

LA NYMPHE DOV LENGVADOC.

Veias nès pas aquo, may nès pas endurable
A l'auſſel, de coüa din ſon nis lou counguiou
De ne perdre lou miou, non és pas raiſonnable
Car l'on ne perd lou ſen, quand on ne perd lou ſiou.

Salutation de la Nymphe dou Lenguadoc.

AuZon que vas ſorten d'vne double montaigne
Enſarrade de ioncs, de ſauZes & de ſaigne,
AuZon que fas vira dous ou tres cens moulins
Enfle me tallomen ta veine bourbouillonne
Que lou RoZe, lou Pau, lou Rhin, & la Garonne
Aupres de ta grandou ſiegon de babouins.

NZès de las cieutas rens te la plus poulide,
Tou barris hauſſe me, fai te grande, manide,
Que Paris, lou grand, Caire & Roume non ſien pas
Auprés de ta grandou q'vn margue d'vne eſtrille
Que lus tourres non ſien qu'vne pichote quille
Au reſpect de las tieus, & q'vn pichot clapas.

Et vous pichos auselZ qu'a la ponche de l'Aube
Are dessus vn oume, ares dessus vn aube
  Despendés, fredounatZ, souspiras vostre amour,
Gentis Roßignolets, solitaries passeres
Verdes, Trides, Serins, Cardonilles, SeZeres
Venés canta, venés icy tout à l'entour.

Cantas, & recantas de vostre voix plus douce,
Ansieu, iamais ansieu la tartarasse rousse,
  Lou Moisset beq-croqut non vous fachon, manis,
Ansieude pusquas vous tousiours rempli la terre
De la cieutat d'VZés, d'vne amoureuse guerre,
Sans que lou couguioulas nise din vostre nis.

Roßignolet commence vne canson mignarde,
Suiues lou pas a pas, troupette babillarde,
  Gentis pichos auselZ, vostre Duc és icy.
Digas, ô nostre Duc, Dieu te fache la grace
De passa, valeuroux, & ton pere, & ta race,
Godoffre de Buillon, Martel, Montmorancy.

Que ton bras iouyne incare, & ton espaZe leste
Vn iour das Solimans vous esfarle la teste,
  Escaguasse lous chefs, comme vn iouine Lion
Que quand trobe à sous pas vn troupel porte-bane,
Lessate, & ben souuen ensannousis la plane
D'aquellous que ne fan mai de rebellion.

Sourel, Sourel luzis, esclate lou nuage,
May non acquate té lou Sorel de nostre age
Es asses suffisen de nous rendre esclairas:
La clartat de tous yeuelz non és pas comparade
A la clartat das sieus, comme vers la vesprade
A la Lune Cypris non se compare pas.

Tu siés lou ben vengut, ô nostre Duc regarde
Comme per t'acculli la iouinesse és bragarde,
Tant pichos, comme grands te venon faire hounou
Lous fiffres, lous tambours, trompettes, arquabouzes,
Siblon, groignon per tout, chamon, son furiouses,
Et tout aquo d'aqui se fai per ta grandou.

Intre donc nostre Duc, intre dedins ta place,
Iamais lou dessabart nou arrape ta race,
May toustours Diou te tengue au reng de sous enfans
Fache Diou que tu siés tout l'honnou de la terre,
Q'Henric te fise tout, & que pieisse a la guerre
Toutes tous ennemis ne passon per tas mans.

A MADAMOISELLE DIANE DE CRVSSOL A PRESANT MADAME DV TOR SEVR, DE MONSEIGNEVR le Duc d'Vzés.

STANSES.

Chere seur d'Apollon, belle & rare planette,
Dont le moindre regard est vne grand Comete,
Qui vole doucement la franchise des Dieux,
Mirez vous dans ces vers, ô bel astre propice,
Mais helas gardez vous de deuenir Narcisse,
Lequel en se mirant s'embrasa de ses yeux.

Vn peinctre renommé, la gloire de son âge,
Voulant representer Venus par vne image,
De douze corps diuers tira le plus beau traict,
Mais s'il eut veu les traictz de vostre face d'Ange,
De peur de ne souiller de deffaults sa louange,
Il eut quité sans doubte vn si diuin pourtraict,

Qu'vn peinctre a vous tirer iamais ne s'auanture,
Son art sera tousiours vaincu par la Nature,
Quand il surmonteroit l'Angelique pinceau,
Au lieu de nous tirer ce Soleil de la France,
Il representera les traictz de l'ignorance
Par la main de l'audace en son propre tableau.

Mes vers qui depeignez ceste rare merueille,
Que vous estes heureux d'entrer en son oreille,
Et d'aller chatouillant ce flambeau des espritz,
Lequel bien qu'il s'occupe à des choses plus hautes,
Toutesfois sa douceur couure si bien vos fautes,
Que vous n'en pouuez estre aucunement repris.

Rare flambeau des yeux, dont la clairté s'honore,
Vous estes c'este vnique, & parfaicte Pandore,
En qui le Ciel versa tant de presantz diuers,
Il est vray que sa boete en malheurs trop feconde
Peupla comme l'on dict de discorde le monde,
Au lieu que vous peuplez d'amour tout l'vniuers.

Beauté d'vn si beau corps diuinement extreme,
Beauté, vous n'auriez point d'exemple que vous mesme,
Si vostre esprit n'estoit de beauté reuestu:
Lors que l'vne nous charme auec tant de delices,
L'autre va chastiant le deffaut de nos vices,
L'vne par le desir, l'autre par la vertu.

Que puißiez vous bien tost, ô beauté fortunée,
Esprouuer les douceurs d'vn heureux Hymenée
Pour peupler l'vniuers de vos fruictz precieux:
Heureux, qui cœuillira ceste roze d'eslite:
Mais s'il fault toutesfois que quelcun le merite,
Il luy fault rechercher vn mary dans les Cieux.

A LA MESME.

STANSES.

BEaux yeux vous n'estes pas les yeux d'vne mortelle
Mais vous estes plustost des astres radieux:
Non: les astres n'ont pas si viue l'estincelle
Mais vous estes plustost la lumiere des Dieux.

Nō, beaux yeux, ie me faux, car les Dieux plains de flame,
Dans vos filets de feu laissent leur liberté,
Mais vous estes plustost les beaux yeux de la Dame,
Par qui Mars autrefois se sentit arresté.

Non, non: ie suis trompé les beaux yeux de Cyprine
Iamais ne furent pas si diuins, & si beaux,
Qu'estes vous donc, beaux yeux, qu'elle est vostre origine,
Des hommes & des Dieux seriez vous les tombeaux.

Non beaux yeux, car vn corps, lors que l'ame est rauie,
Se r'anime aussi tost d'vn clin d'œuil seulement,
Vous estes donc, beaux yeux, les beaux yeux de la vie,
Puis qu'vn clin de vostre œuil tire du monument.

Encor moins, ô beaux yeux, ie ne vous puis cognoistre,
Car helas! vous tuez d'vn tout contraire effort.
Qu'estes vous donc, beaux yeux, puis que ne pouuez estre
Les beaux yeux de la vie, encor moins de la mort?

O beaux yeux, seriez-vous, seriez-vous bien l'essence
De la saincte clarté qui nous donne le iour?
Qui de vous veut auoir l'entiere cognoissance,
Vous estes, ô beaux yeux, les beaux yeux de l'Amour.

A MONSIEVR L'ABBE DE TIRON SVR SES AMOVRS de Cleonice.

STANSES.

Voicy les derniers traictz de la riche peincture,
Que l'Apollon de France à luy mesme tiré:
Mais ie croy que son art à vaincu la nature,
Afin que ce pourtraict en fut plus admiré.

O belle Cleonice, ornement de nostre age
Combien doibs tu sentir de doux contentement,
De te voir si bien peincte en si parfaict ouurage,
De pouuoir commander à si parfaict amant?

Ie ne sçaurois iuger quel de vous deux merite,
Par ces diuins escritz d'estre plus renommé.
S'il a l'honneur d'auoir sa beauté bien descrite,
Elle a l'honneur d'auoir son courage animé.

Soit qu'on doibue l'honneur d'vn œuure si parfaict,
A ce flambeau d'amour, ou bien à son sonneur,
Puis que l'vn par ses vers honore sa deffaicte,
N'importe à qui des deux on en donne l'honneur.

Amour repose toy, ces beaux vers admirables
Sans peine te fairont Roy de tout l'vniuers:
Ceux qui iadis estoient par tes coups miserables,
S'estiment bien-heureux de mourir par ces vers.

SVR LES AMOVRS DE MONSIEVR BERTAVD Abbé d'Aunay.

SONNET.

CE ne sont pas des vers, ce sont plustost des mers,
D'où l'ame de l'amour tire son origine,
Mers non: ce sont des fers, dont la belle Cyprine
Enserre tous les iours l'vn & l'autre vniuers.

Fers non: mais des enfers: car l'enuie & ses vers
Y lisent à regret leur fatale ruine,
Enfers non: mais plustost le foudre i'imagine,
Armé de mille feux, & de flambeaux diuers.

Car s'ils estoient des mers, porteroient ils la flame?
Si des fers: ils auroient emprisonné leur Dame.
Enfers non: car l'Amour y faict son Paradis.

Foudre non: car desia tout seroit mis en poudre.
Toutesfois ne pouuant mieux dire, ie les dis
DES VERS, DES MERS, DES FERS, DES ENFERS, ET LE FOVDRE.

A MONSIEVR DE TOVRS CON-SEILLER ET SECRETAIRE DE sa Majesté.

STANSES.

NAture en te formant, belle ame au Ciel choisie,
Et d'amour, & d'honneur te rendit reuestu,
Quand l'vn blesse les cœurs du traict de courtoisie,
L'autre les va naurant du traict de la vertu.

Belle ame, en qui le Ciel admire sa merueille,
D'où sortent les effects quand la bouche discourt,
L'vn rauit doucement toute ame par l'oreille,
L'autre sert d'ornement, & de gloire à la Court.

Ainsi tousiours te soit le destin fauorable,
Et qu'auec l'an croissant tu puisses prosperer,
Et que ceste vertu qui te rend admirable,
Te face comme vn Dieu quelque iour adorer.

Que tousiours ta maison, & ta race prospere
Iouissant à souhait d'vn bon-heur triomphant,
Et que comme iadis tu cherissois mon Pere,
Tu le vueilles cherir encore en son enfant.

O que si les desirs, que mon ame souhaite,
Pouuoient estre accomplis ores en ton endroit,
Ie sçay que ta vertu si rare, & si parfaicte,
Sur la cime d'honneur maintenant atteindroit.

A MONSIEVR DE MALERBE.

ODE.

Qvand ie lis ces vers empoulez
Qui frappent les Cieux estoilez
De leurs paroles incogneuës,
Admirant leur commencement
Ie suis saisi d'estonnement
Comme vn qui tomberoit des nuës.

Mais ayant couru de mes yeux
Les vers de ces audacieux,
De qui la Lune est la compagne:
Soudain à part moy ie sousris,
De voir encore vne souris
Sortir du trou d'vne montagne.

Depuis que la France a l'honneur
D'auoir produit quelque sonneur,
Qui braue la mort & l'enuie,
Entre tant de rimeurs diuers,
A peine trois ou quatre vers
Sont dignes d'eternelle vie.

Iadis le chantre Vendomois
Qui premier estouffa la vois,
De tant de tourbes inciuiles,
Qui pour la poincte d'vn seul traict
Faisoient conseruer leur pourtraict
Au plus beau des maisons des villes:

De iuste fureur animé
Se faschoit d'auoir tant rimé
Pour l'ornement de nostre France,
Lors qu'il oyoit de toutes parts
Coasser les oiseaux de Mars
Dans le bourbier de l'ignorance.

Si ce grand chantre auoit raison
D'en faire la comparaison,
N'en peux-tu pas faire de mesme,
O bel esprit, qui ferois voir
Si l'on guerdonnoit le sçauoir,
L'effect de ta Muse supreme?

Le Ciel ne nous demonstre pas
La iustice de son compas,
D'auoir en ce temps fait descendre,
Celuy qui deut dedans sa main
Porter les presents du Romain,
Ou bien les honneurs d'Alexandre.

O Can fertile en beaux esprits,
Qui dans vn si petit pourpris
Dont ta muraille t'enuironne,
Surpasses le renom viuant,
Dont se vont encore éleuant
Venouse, Mantouë, & Veronne:

Parmy tant de belles citez,
Qui vantent leurs felicitez,
O que tu dois estre superbe,
Produisant trois soleils nouueaux,
Mon Bertaud, & Des Yueteaux,
Et l'incomparable Malerbe.

L'vn par les poinctes de ses vers
Qui volent par tout l'vniuers
A comble de gloire nostr' âge,
Le second n'a point de second,
L'autre est si docte & si facond,
Qu'il a foudroye mon courage.

Pour moy ie ne sçaurois venter
Quelcun qui sans le meriter
Veut auoir le fruict de ma peine,
Aimant mieux en ceste façon
Changer d'vn flateur la leçon
En celle-là de Philoxene.

Mais außi de ne chanter point,
O grand MALERBE, *de tout poinct*
La gloire de ta rare Muse,
Ie meriterois droictement
Ce qu'il receut iniustement
De ce Tyran de Syracuse.

Beau soleil qui dores nos iours,
Ie t'ay consacré ce discours
Contre ces Larues ennemies,
Sçachant bien qu'estant leur tombeau,
Auant que louër vn corbeau
L'on te mettroit aux Latomies

AV SIEVR DE CHILLAC, SVR SES AMOVRS D'ANGELINE.

STANSES.

IE ne chanteray plus, ie quitte la conqueste
De la toison d'Amour a ces braues guerriers,
Comme le tabourin faict place à la trompete,
Il fault ceder (mon Meurte) à ces diuins lauriers.

O beaux vers vous auez depouillé mon enuie,
Qui me poussoit au Ciel d'vn vol audacieux,
Ainsi le Roßignol perd la voix, & la vie,
Quand il oit dans vn bois vn autre faire mieux.

O beaux

O beaux vers qui vous lit, & soudain ne s'enflame
A le cœur enfermé de roches a l'entour,
O beaux vers vous iettez tant de feux & de flame,
Que les plus froids rochers s'en allument d'amour.

Beaux vers qui découurez les plus rares merueilles,
Les plus douces douceurs des amoureux appas,
Mon Dieu! vous rauissez les cœurs par les oreilles,
Et les distribuez à ceux qui n'en ont pas.

O beaux vers qui brulez toute humaine poictrine,
Dont Amour fit le traict, dont luy mesme est espoinct,
Vous semblez le flambeau qui le monde illumine
Qui brule l'vniuers & ne se brule point.

O beaux vers, vous auez la qualité du foudre,
Qui brule le dedans sans bruler le debors,
D'autant que vous auez mon ame mise en poudre,
Et si n'auez pourtant faict offense à mon corps.

Aussi ie vous consacre en la fleur de mon âge
Braues guerriers d'Amour, l'espoir de mes hyuers,
Helas de chanter plus, ie n'ay pas le courage,
Car, beaux vers vous ostez le courage à mes vers.

O beaux vers ie puis dire auec toute asseurance
Que tous seuls vous auez mon espoir abbatu,
Vous n'estes pas aussi d'vne mortele essence,
Vn vers mortel n'est pas d'vne tele vertu.

Q

PARANYMPHES.

Toy (Chillac) qui te dis autheur de cest ouurage,
Tu mens, pardonne moy, de t'en dire l'autheur,
Vn mortel ne sçauroit tenir vn tel langage,
Sans encourir la peine & le nom d'imposteur.

Quand ie lis ces beaux vers tous enflez de victoire,
Alors ie dis soudain du traict d'Amour touché,
L'Amour paré de flame, & coronné de gloire,
A composé ces vers pour la belle Psiché

Or marchez seulement, vous portez escharpée,
La poincte de l'enuie & les traictz de nos yeux,
Vn guerrier l'ennemy frappe de son espée,
Mais d'enuie (ô beaux vers) vous frappez en tous lieux.

POVR LE MESME SVR SES larmes de la vierge Marie.

ODE.

SI tost que ie vis tes escritz
Tant admirez des beaux espritz,
Et cueillis au champ de la grace,
L'espoir mon courage flattant,
Quand il ne peut en faire autant,
Deuint a l'instant tout de glace.

Soudain mon Meurte par raison
Quitta l'amoureuse toison
A tes lauriers pleins de conqueste,
Car surpris de crainꝺte & d'amour,
Il recognut que le tambour
Doibt faire place à la trompete.

Mon cœur iadis audacieux,
Qui n'aspiroit rien moins qu'aux Cieux,
Fut depouillé de son enuie,
Vaincu d'vne plus douce voix,
Comme vn Rossignol dans vn bois,
Ie perdis la vois & la vie.

Qui lit les poinꝺtes de tes vers,
Tant renommez par l'vniuers,
Et soudain d'Amour ne s'enflame,
Enfermé de rocs à l'entour,
Viuant, & n'ayant point d'amour,
N'est point capable de sa flame.

Tes vers tous confis de douceurs,
Ce sont des aimants rauisseurs,
Des oracles & des merueilles,
Qui par le miel de leurs appas,
Donnent aux rocs qui n'en ont pas
Et des ames, & des oreilles.

Mais quoy! si ces vers vont brulant
Les cœurs d'vn feu si violant,
D'où vient que leurs ardeurs extremes
Ne les vont en fin embrazant?
Ils sont comme vn Soleil luisant,
Qui brule tout fors que soymesmes.

Tes beaux vers d'amour tous ardans
Qui sçauent bruler le dedans,
Passants de mesme que le foudre
Subtilement par le dehors,
Sans offenser en rien mon corps
Ils ont mon ame mise en poudre.

Mais si ces vers iadis veinqueurs
Ont foudroyé l'espoir des cœurs,
Que fera ce dernier ouurage?
Il m'est aduis desia de voir
Les plus beaux esprits sans espoir
Mourir ou d'enuie ou de rage.

Ces LARMES que tu nous descris
(Desseing non encore entrepris
Car on craignoit de l'entreprendre)
Portent vn merite si grand,
Que quand mon penser l'entreprend,
Il ne le peut mesme comprendre.

Souuent ie demeure perclus
Si ie doibs, les estimant plus,
(Bien que l'autheur qui les compose
En a les triomphes diuers)
Mettre ta prose sur tes vers,
Oubien tes vers dessus ta prose.

Pour moy ie dis, & ie le crois,
Que comme iadis en la croix
  Mourant le Soleil de iustice,
Les rochers de dueil se fendoyent,
Ils se fendroyent s'ils entendoyent
  Ces diuers traicts de son supplice.

Mon cœur de dueil desia se fend,
Quand i'y voy le sang de l'enfant
  Meslé dans les pleurs de la Mere,
Sibien qu'vne iuste pitié
Ouurant mon cœur à l'amitié,
Fait de mes yeux vne onde amere.

Ainsi, grand Monarque des Cieux,
Ces LARMES tirent de mes yeux
  Tousiours des sources eternelles,
Que de ton sang ie sois laué,
M'estant tous les iours abbreuué
Dedans ces ondes Maternelles.

LARMES, pour pleurer comme il faut,
Venez, corrigez mon defaut,
Secondez moy de vostre braise,
Faictes des miracles nouueaux,
Faisant de mes yeux des ruisseaux,
Et de mon cœur vne fournaise.

AV MESME.
Sur le mesme subiect.

L'Amour qui n'auoit pour ses armes
Que les beaux traicts de tes escrits
Volent que tu l'as à mespris
Se noye en l'onde de ces LARMES,
Et par vn desespoir nouueau
Ces pleurs le portent au tombeau.

Les sainctes sources de ces plainctes
Distillant du plus hault du Ciel,
Si par leur absinthe de miel
Elles font les ames plus sainctes,
De combien feront elles sainct
Celuy qui si bien les dépeint.

C'est ainsi qu'il faut qu'il souspire,
Qui veut augmenter son renom.
Esprits folastres vostre nom
S'esteint auec vostre martyre,
Que s'il en reste quelque vent,
Ce n'est qu'vn repentir viuant.

Mais beaux yeux d'vne vierge Femme,
Autant que vous couliez de pleurs,
Faictes autant naistre de fleurs
De bonnes œuures dans mon ame:
Et que pour leur accroissement,
Ces LARMES soyent l'arrosement.

Du canal de ceste onde amere
I'iray mes vices estouffant,
Laue par le sang de l'enfant,
Meslé dans les pleurs de la Mere
Et fendray mon cœur de pitié,
Pour l'ouurir à son amitié.

Heureux l'effect de ceste enuie
Qui nous conduit au Roy des Rois,
Passons par le port de la croix
Pour gaigner le port de la vie,
Puis que sans ce bois precieux
En vain l'on eschele les Cieux.

En fin pour dire vos louanges,
Ie ne sçaurois, ô beaux escrits.
Suffit qu'vn des plus beaux esprits
A redit les plaintes des Anges,
Et que ie vis pour admirer
Ce qu'il nous vient de souspirer.

A MONSIEVR LE DOYEN DE S. GILLES, SVR LA FRANCIADE du ſieur d'Aigaliers ſon nepueu, & couſin de l'autheur.

ODE.

Celuy qui d'vne voix hardie
Enfloit iadis la Tragedie
Qui ſans luy courboit ſous le faix,
Alors que nos braues genſdarmes
N'auoyent encor pendu les armes
Sur le ratelier de la Paix:

Ores que le iour eſt plus calme,
Ioignant le lierre à la Palme,
Nos Rois du temps enſeuelis,
Deſſus l'aile de mainte hiſtoire
Voyent eſchanger la memoire
Des crappaults en la fleur de lis.

Mais s'il acquiert par ceſt ouurage
Vn los digne de ſon courage,
Ne s'en voit-il pas deſſaiſir?
Car lors qu'il luy fermoit la porte,
Son oncle a commandé qu'il ſorte
Malgré ſon auare deſir.

C'eſtoi

C'estoit bien vn desir auare
De nous cacher ce thresor rare
Sans qu'vn plaisir delicieux,
Nous fit gouster par les oreilles
Le miel de si douces merueilles,
Dignes de l'oreille des Dieux.

Ainsi le grand chantre d'AEnée,
De qui la gloire est coronnée,
Par la main propre du renom,
Poussé d'vne fureur iniuste,
Sans le commandement d'Auguste,
Eut bruslé ses vers & son nom.

Quelle fureur s'estoit glissée
Comme vn serpent dans sa pensee,
Est-ce point que les doux morceaux
De ses Vers le miel des Charites
Comme des belles Marguerites
N'appartenoyent point aux pourceaux.

Ou bien de voir que l'ignorance,
Qui court & domine la France
Se rid de nous & de nos vers,
Et qu'au lieu d'estre authorisee
Nostre Muse sert de risee
Aux Potentats de l'vniuers.

Ceste raison n'est assez forte,
(Combien que la fureur transporte
La patience des esprits)
Puis que si les mains des auares
Ont en dédain ces thresors rares,
Les Dieux ne les ont à mespris.

Toy qui mets ceste œuure en lumiere,
La Palme tousiours coustumiere,
De nous embrasser les cheueux,
Te vient enuironner la teste,
Participant à la conqueste
Qu'acquiert la fleur de tes neueux.

AV SIEVR DE DEIMIER sur ses illustres Auantures.

STANSES.

Enfin ce bel esprit, ceste ame genereuse,
Qui rendoit à l'Amour les cœurs plus valeureux
A marié la Palme à la branche amoureuse,
Paroissant genereux autant comme amoureux.

Cest Apollon nouueau, dont l'ingrate maistresse
Comme vn autre Daphné va dedaignant les vœux
Decore de laurier, & de palme sa tresse,
Comme iadis de meurte il orna ses cheueux.

En fin il a produict les effects de l'attente
Par les plus beaux esprits si long temps attendus,
Qui rendent la valeur, & la gloire contente,
Combien que les premiers en soyent tous esperdus.

O que d'honneurs presens, que de gloires futures,
Conquerants maintenant vn iour conquesteront
Ces beaux vers sous le nom d'illustres Auentures
Qui des plus haults lauriers rendent honteux le front.

O vous qui de l'Amour traictez la douce rage,
Vous qui de la valeur la Palme possedez,
Iadis vous fistes place à son premier ouurage,
La Palme & lè laurier ores vous luy cedez.

Ah! chetif que ie suis, ie cuidois estre braue
Aux mestiers d'Apollon par moy tant exèrcez,
Mais, Deimier, ie m'auouë auiourd'huy ton esclaue,
Car par tes beaux escrits les miens sont surpassez.

Lors qu'il escrit d'amour, il est toute son ame,
Et le feu qui le rend vainqueur de l'vniuers,
Ie le croy, car ie sens que ie suis tout en flame,
Quand ie lis seulement le moindre de ses vers.

Maintenant qu'il entonne vne chanson illustre
Vous diriez que la gloire est son mesme discours,
Aussi bien de la gloire il est l'ame & le lustre,
Comme le mesme lustre & l'ame des amours.

PARANYMPHES.

O Belle Parthenie ingratement cruelle
A si parfaict amant, & si diuin sonneur,
Tu pers en contraignant vne amour mutuelle
L'honneur de ton amour, l'amour de ton honneur.

Cependant (mon Deimier) qu'vne si feinte Dame
N'agite tes esprits d'vn tourment inhumain,
Et ne t'asseure trop sur la foy d'vne femme,
Auiourd'huy desloyale infidele demain.

SVR LES OVVRAGES DE LVCAS MATEROT PRINCE DES ESCRIVAINS de ce siecle, dediéz à la Reine MARGVERITE.

STANSES.

MErueille de nos yeux, de l'art & de Nature,
Rare perfection d'vne rare escriture
Qui rauissez l'autheur mesme d'estonnement
Car alors que sa main a tiré quelque page,
Son œuil qui tout raui se mire en son ouurage
Bien qu'il l'aye apperceu ne le croit nullement.

Beaux traicts ie toucherois vn beau traict de louange,
Si ie n'estois certain qu'il faut l'esprit d'vn Ange
Pour vous bien exprimer en ses conceptions:
Car le feu maintenant qui mon esprit allume
Pour louer les beaux traicts d'vne si rare plume
Ce n'est qu'vn petit traict de vos perfections.

Si ie descris mortel, vne plume si rare
Sans doubte ie feray reuiure encor Icare
Qui se fit renommer pour sa temerité:
He? comment pourrois tu ma Muse terminée,
De nombres & de pieds en mesure bornée,
Nombrer des traictz sans nombre, & plains d'infinité.

Pour rendre toutesfois fidelle tesmoignage
A ceux la qui viuront apres nous vn autre âge
Qu'en vous taisant ma Muse auroit de la douleur,
Ie vous offre ces vers tous coronnez d'enuie,
Qui pensent aquerir vne immortelle vie,
Pour auoir seulement prisé vostre valeur.

Petits miroirs des yeux, semblables a vous mesme,
L'on dict que la vertu ne consiste en l'extreme,
Mais ie voy le contraire en vos rares beautez:
Car, qui voit ces beaux traictz du tout incomparables,
Voit il pas des vertus, & de plus admirables,
Aux plus extremes bords de leurs extremitez.

Rare main de Lucas, si la lyre d'Orphée
Pour son merite fut vne estoile estoffée
De beaux rayons dorez au Ciel du firmament,
Qui doubte que ta main soit vn iour vne estoille
Qui comme vne claire Ourse esclairera le voile,
De ceux qui font estat d'escrire rarement.

C'est beaucoup (mon Lucas) de rauir l'esperance
De ceux qui font estat d'escrire bien en France,
Et remporter le pris du plus braue enseigneur:
Mais apres que l'on à sa patrie embellie,
Par sa plume acquerir les palmes d'Italie
Dessus le Curion, c'est gaigner le Gaigneur.

Confus dedans ces traictz comme dans vn Dædale,
Ie voi qu'en vous loüant ma Muse vous rauale,
Puis donc qu'en vain tous doux l'ancre nous cõsumons
Ie dis en imposant silence à mes parolles,
Si ie n'estois Chrestien vous seriez mes idoles,
D'autant que vous auez la forme des Demons.

Du penser seulement mon ame soit contente,
Puis que pour vous louer ma Muse n'est bastante:
Pour iuger sainement de ces rares escritz,
Il n'appartient qu'a vous (ô Reine MARGVERITE)
Dont le pur iugement est de plus de merite,
Que tous les iugementz des plus rares espritz.

TOMBEAV DE FEV M. GVIRAND IVRISCONSVLTE, ET POETE, excellent, intime amy de l'autheur.

STANSES.

Dedans ceste tombe poudreuse
Git la despouille bien-heureuse
De Guirand fauori des Cieux,
Aimé des Vierges de Parnasse:
Son corps est clos en peu d'espace,
Son renom vole en mille lieux.

La Mort toute noire d'enuie
Pensant mectre fin à sa vie,
Luy fit vn iour boire son fiel,
Mais sa rigueur, qui tout atterre,
Quand elle l'ostoit de la terre,
Elle le plaçoit dans le Ciel.

Mes yeux tous enflez d'amertume,
Qui pleuroient iadis de coustume,
Ou bien de commune pitié,
D'vn bel amour les belles marques,
Maudissant le sort & les parques,
Pleurent maintenant d'amitié,

Mais que sert à l'ame dolente
Toute ceste humeur violante,
Qui ne le sçauroit secourir,
Puis qu'il faut payer à Nature
Ce que luy doibt la creature
Qui ne peut viure sans mourir.

Si sa Foy, de qui la memoire
Reluit au tableau de la gloire,
Nè l'auoit voulu bien-heurer
Il faudroit pleurer sa disgrace,
Mais puis que le Ciel luy faict place
On luy faict tort de le pleurer.

Va donc, belle ame fortunée,
Ou te conduict ta destinée,
Laisse icy ta cendre en despos,
Puis qu'au lieu de plaindre ta vie
Ce seroit plaindre par enuie,
Ou bien regreter ton repos.

Chere cendre, part de mon ame,
Iadis mon agreable flame,
Repose iusqu'au dernier iour,
Toy (bel esprit) au Ciel demeure:
Pour moy iusqu'a tant que ie meure
Ie conserueray nostre amour.

A MONSIEVR SIZE'.

VN Peinctre ingenieux, lors qu'il tire vne image
Reserue sur la fin quelque beaux traictz diuers,
Et moy pour decorer la fin de cest ouurage,
Ie t'ay mis tout exprés sur la fin de mes vers.

Hostesse d'vn beau corps, belle ame genereuse,
Qui n'as pour ton obiect que la perfection,
Alors que ta douceur rend mon ame amoureuse,
Ton sçauoir la rauit en admiration.

Pour fideles tesmoins de mon amitié saincte
Reçoy ces derniers vers, clair Soleil des espritz,
Et pense que s'il faut voir ta gloire depeincte,
Il la faudra tirer de tes rares escritz.

CHANT ROYAL.

SVR LA TRESSAINCTE ET IMMACVlée Conception de la saincte Vierge Mere de Dieu enuoyée à Rouën, au puy de ladicte Conception.

IAdis aux doux champs d'Idumée
Le Monarque de l'vniuers,
Pour estendre sa renomée
Fit planter des iardins diuers:
Apres il en fit vn partage
A son peuple pour heritage
Se reseruant parmy ces lieux
Vn clos sainctement honorable
D'vn beau Parterre gracieux,
Nommé par le maistre des Dieux
LE CHASTE VERGER ADMIRABLE.

Dans ceste campagne enfermée
D'où les mysteres sont ouuerts,
Dessous vne allée embasmée,
Le digne subiect de mes vers,
Le Roy se couchoit à l'ombrage,
Se mirant dedans son ouurage,
Si rare & si delicieux,
Que pour voir ce lieu delectable
Chacun couroit à qui mieux mieux,
Admirant d'vn œuil curieux
LE CHASTE VERGER ADMIRABLE.

En ce beau verger fut semée
La PALME terreur des peruers,
De qui la gloire a consumée
La Mort, le monde, & les Enfers:
Quiconque luy faisoit hommage
Estoit preserué de dommage,
Benissant ce fruict precieux
Dont la douceur incomparable
Ioinct les extremes aux milieux
Pour rendre d'autant à nos yeux
LE CHASTE VERGER ADMIRABLE.

En fin l'enuie enuenimée
Qui le regardoit de trauers
Coupa la PALME bien-aymée
Et la fit cheoir tout à l'enuers:
Et puis d'vne cruelle rage
Ayant efloré son fueillage,
Arracha le fruict precieux,
Cachant son regard amiable
Dedans les centres odieux,
Delaissant triste & soucieux
LE CHASTE VERGER ADMIRABLE.

Trois iours sa gloire accoustumée
Retint ses bras comme couuerts,
Apres il poussa sa ramée,
Et ses fueillages tousiours verds
Dedans l'Olympe dauantage,
Qu'il n'auoit faict auant l'orage

De ces ingrats audacieux,
Car ſa racine venerable
Eſt maintenant dedans les Cieux,
Rendant encore plus ioyeux
LE CHASTE VERGER ADMIRABLE.

ENVOY.

PRince de la gloire amoureux,
Ie prens pour l'arbre genereux,
Le Verbe de Dieu memorable:
Saincte Anne eſt le clos planteureux
Qui conceut dans ſes flancs heureux
LE CHASTE VERGER ADMIRABLE.

STANSES
Sur le meſme ſubiect.

C'Eſt doncques auiourd'huy que ſaincte Anne a conceu
L'Aſtre qui doit porter le ſoleil de Iuſtice:
Ce ſainct vaiſſeau de grace à la fin la receu
Sans tache & ſans macule en ſa chaſte matrice.

Eue apporta la nuict, elle apporte le iour
Afin que deſormais noſtre eſprit ne s'eſgare,
La Iuſtice à la fin, à faict place à l'Amour,
Ce que l'vne perdit, ceſt' autre le repare.

L'Eglise du Seigneur la mesme verité
Nous annonce au-iourd'huy ceste bonne nouuelle
Que Dieu pour se conioindre à nostre humanité,
Fera des flancs puceaux vne Mere pucelle.

Mysteres du Tres-hault, qu'on ne peut admirer,
Tant s'en fault que nos cœurs les puissent bien entendre,
Si ce qui nous apprend de croire, & d'adorer,
Par moyen de la Foy ne se faict bien comprendre.

O Vierge que le Ciel entre toutes eslut,
Fay que pour conceuoir vne si grand merueille,
Ie conçoiue auiourd'huy par la Foy mon salut,
Ainsi que tu conçeus le Verbe par l'oreille.

Donne que pour loyer de chanter ton renom,
La Mer de ma ieunesse en deuiene plus calme,
Que s'il faut couronner la gloire de mon nom,
Ta seule Humilité soit ma Tour, & ma Palme.

FIN.

www.ingramcontent.com/pod-product-compliance
Ingram Content Group UK Ltd.
Pitfield, Milton Keynes, MK11 3LW, UK
UKHW031906260826
14628UKWH00003B/1013

9 782019 968809